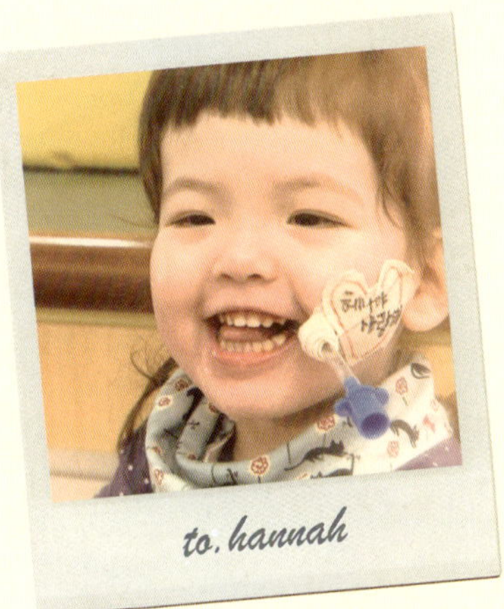

to, hannah

해나의 기적

이영미(해나엄마) 지음

MBC

휴먼다큐 사랑

감동실화

아우름

♥

　이 아이는 누구일까? 이렇게 마음을 아프게 하고 설레게 하고 기도하게 하고 만나본 적도 없는데 손을 꼭 잡고 있는 듯이 여겨지는 이 아이는. 책으로 출판되기 전의 원고를 읽은 오후 내내 열에 시달리며 앓았다. 순간순간 기도가 없이 이 세상에 태어난다는 일은 어떤 일인가? 모두가 포기한 생명을 스스로 부지했던 이 아이의 힘은 무엇인가? 이 아이를 중심으로 모여드는 서로 모르는 사람들의 선의에 가득 찬 이 사랑은 또 무엇인가? 를 생각했다. 생명에 대한 연모와 존경심으로 모두를 연결시키는 이 사랑스럽고 힘센 아이의 이름은 해나. 생각하고 생각해봐도 뚜렷한 답은 없었다. 입가에는 겨우 숨을 이어주는 튜브를, 작고 여린 온몸에는 주삿바늘을 주렁주렁 꽂고도 보는 이의 심장을 저릿하게 하는 미소를 잃지 않는 해나, 우리들의 해나니까~ 라고밖에는. 해나! 고맙다. 네가 너를 포기하지 않고 살아 있었기 때문에 사람들이 어우러져 만들어낸 이 아름다운 풍경들을 보게 되었다. 이것이 희망이겠지. 나는 네가 어디에 있어도 우리와 같이 있을 거라고 믿고 있다. 왜냐면 너는 해나니까.

신경숙 (소설가)

♥

처음 이 책의 추천사를 부탁받았을 때, 어린아이의 투병기를 마음 아파서 어떻게 볼까, 살짝 겁이 났습니다. 그런데 그것은 기우에 불과했습니다. 해나는 '아픈 아이'가 아니라 '특별한 아이'였습니다. 병에 걸려서 고생하는 아픈 아이가 아니라 병이 있어도 누구보다 밝게 자라는, 그래서 주변까지 행복하게 만드는 특별한 아이…… 이 책은 가슴 아픈 고통의 기록이 아니라 사랑과 기적이 넘치는 행복의 기록입니다.

책을 읽으며 어느새 입가에 미소가 번지는 제 자신을 발견했습니다. 힘든 고통을 받으면서도 천사처럼 밝은 해나의 미소에 따라 웃었고, 그토록 많은, 그것도 한국뿐 아니라 캐나다, 미국, 스웨덴 등 외국의 사람들까지 투명하고 순수한 마음으로 아이를 돕기 위해 발 벗고 나선 모습에 감동해 웃었고, 세상은 여전히 이토록 아름답구나 하는 생각에 행복해 웃었습니다.

2000년 7월, 제 인생에 찾아왔던 끔찍한 사고 이후 13년간의 고난 끝에 제가 깨달은 가장 귀중한 진실은 '삶은 선물'이라는 것입니다. 그런데 해나는 불과 세 살의 나이에 이미 그 사실을 알고 있는 것 같습니다. 아니, 해나 자신은 모르더라도 그 사실을 사람들에게 알려주고 있으니 역시나 특별한 아이라고 생각합니다.

이지선 (『다시 새롭게, 지선아 사랑해』 저자)

♥

　저는 MBC 〈휴먼다큐 사랑〉 '해나의 기적' 편 내레이션에 참여하면서 해나를 알게 됐습니다. 해나는 사망률 100퍼센트의 희귀병을 갖고 태어났지만, 작고 여린 몸으로 씩씩하게 병과 싸워 이겨냈고 어느덧 세 살이 됐습니다.

　해나를 보면서 '결코 희망을 잃지 않았기 때문에, 기적이란 게 일어나지 않았나'라고 느꼈습니다. 해나가 스스로의 삶을 포기하지 않고 열심히 살아내며 희망을 보여줬고, 그런 해나의 모습에 가족들과 주변 사람들이 희망을 품었고, 또 모두가 희망을 저버리지 않은 걸 알기에 해나도 아직 어리지만 더 견뎌내며 노력한 것 아닐까요? 그리고 그 모든 희망이 모여 '기적'을 만들어냈다고 생각합니다.

　말로는 하기 쉽지만, 실제로는 어려운 일이 '희망을 잃지 않는 것'이라고 생각합니다. 그런데 해나는 자신의 삶 자체로 '아무리 괴롭고 힘들더라도 희망을 잃지 않으면 기적이 일어난다'는 사실을 증명해냈습니다. 해나의 이야기가 어린 친구들에게는 삶의 소중함을 알려주고, 고단한 일상에 지친 어른들에게는 '그럼에도 살아감의 행복'을 일깨워줄 것이라 믿습니다. 그렇게 세상을 좀더 밝고 행복하게 만들어준 해나에게 말하고 싶습니다.

　"해나야, 씩씩하게, 예쁘게, 밝게, 행복하게 살아줘서 고마워. 그런 너를 보며 나도 행복해졌단다. 삶에 감사하게 되었단다."

최지우 (배우)

차 례

hannah

해나야,
너는 기적이란다

모든 엄마에게 아이는 기적입니다. 특별할 것 없는, 지극히 평범한 내가 한 생명을 몸 안에 품고 마침내 세상과 만나게 할 수 있다니! 그 놀랍고 신비한 경험은 기적이라는 말로밖에 표현할 수 없겠지요.

아이가 처음 입가에 미소를 머금던 날, 그 작은 미소 하나가 가져다주는 커다란 행복과 기쁨은 삶을 축제로 만드는 또다른 기적입니다. 아이의 손짓 한 번, 몸짓 한 번이 엄마에겐 모두

평범한 일상을 특별한 행복으로 만드는 기적이겠죠.

　제 딸이라서가 아니라 해나는 좀더 특별한 기적입니다. 2010년 8월 22일, 세상에 첫발을 내디딘 해나는 숨을 쉬지 못했습니다. 세계적으로도 손꼽을 만큼 희귀한 병, ‘선천성 기도(숨관) 무형성증’을 안고 태어난 것입니다. 보통의 경우, 출생과 동시에 사망하는 무서운 병. 하지만 해나는 식도와 폐 사이에 작은 구멍이 있어서, 식도에 튜브를 꽂아 호흡할 수 있었습니다. 그러나 이 희귀병을 가진 아이들의 생존 가능성은 매우 희박합니다. 튜브를 통해 이물질이 들어가면 기도가 막힐 수도 있고, 바이러스에 감염될 위험도 높기 때문입니다. 당시 병원에서는 해나에게 시한부 2개월을 선고했습니다.

　해나는 튜브 없이는 숨을 쉴 수 없습니다. 소리를 낼 수도 없고, 입으로 음식을 먹을 수도 없습니다. 울어도 눈물만 흘리는 ‘소리 없는 울음’을 울 뿐이고, 식도에 튜브를 꽂았기에 위와 식도의 연결을 막아놓은 채 배에 구멍을 뚫어 음식을 공급했습니다. 저는 제 딸에게 젖 한 번을 물리지 못했습니다. 아이의 울음소리조차 들어보지 못했습니다.

　하지만 해나는 기적처럼 생존을 이어왔습니다. 모두가 포기한 삶을 해나 자신만은 포기하지 않았고, 위기의 순간들을 씩씩하게 이겨냈습니다.

　해나가 스스로 만든 기적은 또다른 기적으로 이어졌습니다. 서울대병원에 연수차 들렀던 교포 간호사 린지 손이 우연히 해나를 알게 되었고, 그녀는 소아과전문의 마크 홀트만 박사에게 구원의 손길을 요청했습니다. 그들은 해나에게 무료로 인공기도 이식수술을 해주기로 했습니다. 그런데 해나처럼 자라나는 아이에게 인공기도 이식은 위험할 수도 있는 일이었고, 결국 세계 최초로 '줄기세포' 인공기도 이식수술에 성공한 스웨덴 의사 파울로 마키아리니 박사까지 나서게 되었습니다. 저 먼 캐나다, 해나 아빠의 고향에서는 해나를 돕기 위한 모금운동이 자발적으로 벌어지기도 했습니다.

　그러나 해나가 미국으로 가는 과정은 순탄치 않았습니다. 미국 FDA(식품의약국) 승인을 기다리며 2년의 세월을 흘려보내야 했습니다. 그리고 마침내 2013년 3월 29일, 태어나자마자 중환자실에 입원해 단 한 번도 병원 밖을 나가지 못했던 해나는 생후 32개월 만에 바깥 공기를 들이마실 수 있었습니다. 비록 튜브를 통해서였지만 해나가 '진짜 세상'과 호흡하는 순간이었습니다.

열두 시간의 비행, 12일간의 복잡한 준비과정, 열두 시간의 대수술…… 어른도 견디기 힘든 시간들을, 역시나 해나는 꿋꿋하게 버텼습니다. 그리고 수술 2개월이 지난 지금, 해나는 열심히 회복중에 있습니다. 어느 날은 상태가 급격히 나빠져서 가슴을 철렁 내려앉게 만들기도 하고, 어느 날은 당장 내일이라도 퇴원할 만큼 호전된 모습을 보여 희망에 부풀게도 만듭니다. 하지만 걱정하진 않습니다. 지금껏 늘 그래왔듯, 해나는 열심히 살아낼 테니까요. 반드시 이겨낼 테니까요.

저는 해나의 엄마지만, 해나를 통해 많은 것을 배웠습니다. 우리는 모두 태어난 이상, 살아갈 의무가 있다는 사실을 깨달았고, 아무리 힘겹고 어려운 삶이라도 살아 있다는 자체로 행복한 것이라는 사실을 알았습니다. 포기하지 않는 한 길은 있다는, 말로는 쉽지만 실제로는 어려운 그 가르침의 참된 의미도 배웠습니다.

그러니까 이 책은 제가 대신 전하는 해나의 메시지인 셈입니다. 좀더 정확히 표현하면 '우리'가 대신 전하는 해나의 이야기입니다. 이 책의 상당 부분은 2013년 5월 MBC 〈휴먼다큐 사랑〉을 통해 소개된 내용을 바탕으로 하고 있습니다. 해나의 이야기를 예쁜 영상에 담아주시고 뼈와 살을 붙여 말 그대로 휴먼다큐멘터리로 만들어주신 연출진에게 이 책을 빌려 진심으로 감사드립니다. 미국에서 수술하기까지 2년이라는 고되고 지루한 기다림 속에서 사랑팀을 만나게 된 것도 해나가 엮어준 운명이 아닐까 싶네요. 그 운명의 자석이 해나를 미국 수술길로 이끌어준 것은 아닐까 하는 생각도 해봅니다. 해나가 아파할 때 그저 바라볼 수밖에 없음에 눈물짓고, 해나가 처음 사탕을 먹었을 때 감격의 눈물을 흘리며 기뻐하던 그분들의 모습에서 진심 어린 사랑을 봤습니다.

현재로서는 해나의 간병에 제 시간을 모두 투자해야 하기에, 따로 긴 글을 쓸 여유가 많지 않았습니다. 방송 내용을 책으로 옮기는 것을 허락해주시고, 본인들의 인세를 모두 해나를 위해 사용할 수 있도록 기부해주신 MBC와 유해진 피디님, 노경희 작가님께 다시 한번 깊은 감사를 전합니다. 제 짧은 글과 두서없는 말들을 예쁜 책으로 엮어주신 편집자에게도 고맙다는 인사를 전하고 싶습니다.

해나가 희망의 씨앗을 품고 꽃을 피우게 될 때까지 사랑과 믿음으로 해나를 지켜주셨던 서울대병원과 의료진분들, 해나에게 운명과도 같은 기적의 순간을 보여줄 수 있도록 기회를 주시고 배려를 아끼지 않으셨던 성프랜시스병원과 의료진분들, 그리고 미처 감사를 다 표하지 못한, 혹여 이 책을 읽고 서운한 마음이 드실 수 있는 수많은 그분들께도 감사를 전합니다.

그리고 무엇보다 이 모든 사랑을 가능케 한, 해나에게 감사합니다. 해나가 보여준 삶을 향한 의지와 고통 속에서도 잃지 않은 미소가 모두의 마음을 움직여 해나를 위해 힘쓸 수 있도록 만든 것일 테니까요. 해나를 위한 시간이 아니라면 1분 1초도 아까운 제가 이 책의 출간 제안을 받아들인 이유도, 해나의 그 밝고 희망적인 메시지를 보다 많은 사람과 나눠야 한다는 주변의 설득 때문이었습니다. 지금 어딘가에서 어떤 아픔으로 힘겨워하는 분이 계시다면, 해나의 기적이 작은 용기와 희망을 건네드릴 수 있기를 간절히 바랍니다.

살아온 지난 34개월 동안 단 하루도 기적이지 않은 날이 없었던 해나. 앞으로도 해나는 수많은 기적을 만들어갈 것입니다. 해나, 니까요.

2013년 6월,

해나가 만들어갈 수많은 기적을 꿈꾸며,

해나 엄마 **이영미**

1장

기적 하나
해나, 세상과 만나다

사망률이 100퍼센트에 가깝다는 기도 무형성증을 갖고 태어난 해나. 하지만 식도와 폐 사이의 작은 구멍 덕에 해나는 기적적으로 목숨을 유지할 수 있었다. 그 작은 기적이 해나의 첫번째 기적이었다.

태어나자마자 시한부 선고를 받은 아이

2012년 12월 24일, 서울대어린이병원 신생아 중환자실. 벌써 병원에서 맞는 세번째 크리스마스이브입니다. 전 세계가 축제 분위기에 들뜬 특별한 날이라도, 우리 가족이 함께 보낼 수 있는 시간이라곤 짧은 면회시간이 전부입니다. 신생아 중환자실은 병원에서도 출입이 가장 까다로운 곳이라, 부모라도 정해진 시간에만 면회가 가능하기 때문입니다.

태어나자마자 중환자실에 입원한 해나는 지금껏 병원 밖을 한 번도 나가보지 못했습니다. 매일 병실에 갇혀 생활하는 일이 얼마나 갑갑할까, 아이를 데리고 나왔지만 해나가 외출할 수 있는 유일한 공간은 병동 사이 복도뿐입니다. 하지만 해나는 그 외출 아닌 외출만으로도 충분히 기쁘고 행복한가봅니다. 저와 남편의 손을 잡고 복도를 걸어다니는 아이의 얼굴에 웃음이 떠나지 않습니다.

"해나야, 저기 봐. 저거 뭐야? 빵빵~ 자동차네? 해나 자동차 좋아하지? 부릉부릉~"

해나가 신기한 듯 자동차를 바라봅니다. 창밖으로 차들이 지나가고, 계절도 지나갑니다. 해나에게는 병원 창문이 바깥세상과 연결돼 있는 유일한 통로입니다. 눈에 넣어도 아프지 않을 내 딸…… 세 살이면 한창 궁금한 것도 많고, 보고 만지고 경험할 것도 많은 나이…… 언제쯤 이 아이를 데리고 저 세상 속으로 나갈 수 있을까, 기약할 수 없는 미래를 생각하니 주책맞게 눈물이 고입니다. 엄마의 기분을 눈치챈 걸까요. 해나가 눈을 맞추며 특유의 환한 미소를 지어 보입니다. 어쩌면 아이는 이렇게 말하고 있는 건지도 모르겠습니다.

'엄마, 슬퍼하지 마. 내가 있잖아, 해나가 있잖아.'

정말 해나가 제게 그렇게 말한다면, 그 이야기를 제 귀로 들을 수 있다면 어떤 기분일까요. 저는 지금껏 단 한 번도 딸아이의 목소리를 들어보지 못했습니다. 해나는 소리내어 말할 수도 없고, 입으로 먹고 마실 수도 없습니다. 기도가 없기 때문입니다. 해나의 병명은 선천성 기도 무형성증. 발병률이 5만분의 1이라는 희귀병입니다. 대부분이 엄마의 뱃속에서 죽거나 출생 즉시 사망하는 무시무시한 병이지만, 해나는 기적같이 생존했고, 3년여 동안 열심히 하루하루를 살아냈습니다.

매일매일이 놀라운 기적인 동시에 힘겨운 싸움이기도 합니다. 입에 꽂은 튜브가 유일한 호흡의 통로인데, 단 몇 초라도 튜브가 막히면 숨을 제대로 쉴 수 없습니다. 지금껏 얼마나 많은 위기의 순간을 넘겼는지 모릅니다. 저는 해나에게 젖을 한 번도 물려보지 못했습니다. 튜브가 식도를 통해 폐로 연결돼 있어서, 음식이 들어갔다가는 큰일이 나기 때문입니다. 배에 구멍을 뚫어 위장에 직접 음식을 투여하는 것이 해나의 식사법입니다. 말 그대로 오직 살기 위한 식사를 하는 것입니다. '꽃으로도 때릴 수 없을', 이 작고 가녀린 아이의 몸에 난 커다란 구멍을 보노라면 가슴이 저려옵니다.

해나에게 뭔가 이상이 있다는 사실을 알게 된 건 낳자마자였습니다.

"아…… 아…… 악!"

"……"

사지가 찢기는 듯한 고통의 시간 끝에 마침내 아이를 몸 밖으로 밀어냈을 때, 분만실엔 불길한 정적이 감돌았습니다. 우렁차게 울려퍼져야 할 아이의 울음소리가 들리지 않았고, 의료진의 다급한 외침과 분주한 움직임이 그 자리를 대신 채우고 있었습니다.

'무슨 일이지?'

혼미해지는 정신을 간신히 붙잡고 오가는 대화를 들으며 상황을 파악하려고 했습니다.

"뭐야, 왜 안 울어?"

"이상합니다. 아기가 온몸이 시퍼런데요."

"아이가 숨을 안 쉬어요."

"뭐? 빨리 기관내삽관부터 해."

"서…… 선생님, 기도가 안 보이는데요?"

덜컹, 가슴이 내려앉았습니다. 무슨 말인지 정확히 알아들을 순 없었지만 문제가 있는 것만은 분명했습니다. 곧이어 의료진이 아이를 안고 분만실을 뛰쳐나갔고, 그저 침대에 누워 있을 수밖에 없던 저는 눈앞이 깜깜해지면서 밀려드는 두려움에 떨어야 했습니다.

사실 해나에게 이상이 있을 수도 있다는 건 임신중에 알았습니다. 8개월쯤 됐을 무렵, 양수검사를 하는데 의사선생님은 보통 산모보다 양수가 두 배 이상 많다며 걱정하셨습니다. 두세 차례 양수를 빼내는 시술을 했는데, 양이 일시적으로 줄어들었다가도 금세 늘어나곤 했습니다. 아무래도 뭔가 이상이 있는 것 같다며 정밀검사를 했지만 태아에게서 별다른 문제를 찾진 못했습니다. 결국 저희가 할 수 있는 일은 야금야금 파고들어오는 불안함을 애써 외면한 채, 건강한 아기가 태어나길 기도하고 또 기도하는 것뿐이었습니다.

모든 엄마의 마음은 똑같을 겁니다. 아이가 자라면서 성공도 했으면 좋겠고, 훌륭한 사람으로 컸으면 좋겠다는 바람과 욕심이 생기겠지만 맨 처음 부모가 품는 기대는 딱 한 가지, 그저 건강하게 태어나는 것이 아닐까요. 저 역시 해나가 그저 건강한 아이로 태어나주기만을 바라고 또 바랐습니다.

하지만 현실은 가혹했습니다. 회복실에 누워 있는 제게 남편이 전해준 소식은 믿을 수 없는, 아니 믿고 싶지 않은 이야기였습니다.

"영미, 놀라지 말고 잘 들어. 우리 아이가 기도가 없대."

"그…… 그게 무슨 말이야?"

"다행히 응급처치로 튜브를 삽입해서 일단 숨은 쉬는데, 큰 병원으로 옮겨서 자세한 검사를 해봐야 한내……"

아무런 생각도 들지 않았습니다. 그저 하염없이 눈물만 흘렸습니다. 남편은 터져나오는 울음을 꾹꾹 밀어넣는 듯 잠긴 목소리로 차분히 설명을 이어갔지만, 그의 이야기가 하나도 들리지 않았습니다. 모든 이야기가 그저 TV에서 들려오는 어느 불쌍한 가족의 사연처럼만 느껴졌습니다. 아니, 그랬으면 좋겠다고 생각했던 것도 같습니다.

며칠을 밥도 먹지 않고 잠도 자지 않고 울기만 했습니다. 왜 제게 이런 일이 벌어진 건지, 제가 뭘 그렇게 잘못했다고 제 아이에게 이런 시련이 닥친 건지, 모든 것이 원망스러웠습니다. 가족들은 "애 낳고 울면 안 된다. 잘될 거다. 요즘에 의학이 얼마나 발전했는데 그깟 아이 하나 못 살리겠냐. 기다려봐라”며 다독였지만, 그 위로조차 받아들일 수 없을 만큼 절망에 빠져 있었습니다.

‘직접 겪어보지 않았으니까 그렇게 말할 수 있지. 자기 딸이라면 견딜 수 있겠어?’

차마 입 밖으로 내뱉진 못했지만 뾰족한 말들이 마음에 걸린 채, 제 심장을 마구 찔러대고 있었습니다. 제 손을 잡고 위로하는 가족들도 싫고, 아픈 몸으로 태어난 아이도 싫고, 무엇보다 아이에게 병든 몸을 준 제 자신이 가장 싫었습니다. 그 와중에도 살겠다며 멈추지 않고 숨을 쉬고 있는 제가 못 견디게 미울 정도였습니다.

며칠 뒤, 퇴원하자마자 아이가 입원한 서울대병원을 찾아가 선생님들을 만났습니다. 극히 드문 사례라서 병원에서도 어떻게 해야 할지 모르겠다는 이야기만 되풀이했습니다. 국내에서는 이 병에 걸린 아이들 중 생존한 경우가 없었기 때문입니다. 발병 원인은 여러 가지가 있지만 그중 50퍼센트가 엄마의 양수

과다증 때문으로, 양수로 인해 뱃속에서 사망하는 경우가 대다수라고 했습니다. 그런데 해나는 무사히 세상에 나왔습니다. 하지만 그 사실에 감사하기엔, 눈앞에 닥친 현실이 너무 가혹했습니다.

"그…… 그럼, 우리 아이가 이 상태로는 얼마나 더 버틸 수 있을까요?"

"2년 전인가 다른 병원에 비슷한 케이스의 환자가 입원한 적이 있습니다. 그 아이도 식도에 튜브를 넣었지만, 산소 공급이 원활치 않아 3일 만에 사망했습니다. 그런데 이 아이의 경우, 특이하게도 식도와 폐 사이에 작은 구멍이 하나 있습니다. 그래서 식도에 삽입한 튜브를 통해 들어간 산소가 폐까지 전달될 수 있는 거죠. 만약 그 구멍이 없었다면, 출생 즉시 사망했을지도 모릅니다."

"그럼, 우리 아이는 살 수 있는 건가요? 그런 거죠?"

"튜브를 통해 산소를 공급받을 순 있지만, 이물질 같은 것도 같이 들어갈 수밖에 없기 때문에 신생아의 경우 감염이라든지 합병증 발병률이 높아서 얼마나 살 수 있을지는 장담할 수 없습니다."

식도와 폐를 연결하는 작은 기공, 그것은 해나가 보여준 첫

번째 기적이었습니다. 그게 없었다면 해나는 태어나자마자 세
상과 작별해야 했을지도 모릅니다. 기도 무형성증을 갖고 태어
난 아이 중에 이 기적 같은 기공이 있었던 경우는 해나가 유일
하다고 합니다. 하지만 당시엔 그 기적에 감사할 여유가 없었
습니다. 잠시 수명이 연장된 것일 뿐, 언제 어떤 일이 벌어질지
누구도 장담할 수 없었으니까요.

출생 직후 내려진 시한부 선고, 그것이 해나와 세상의 첫 만
남이었습니다.

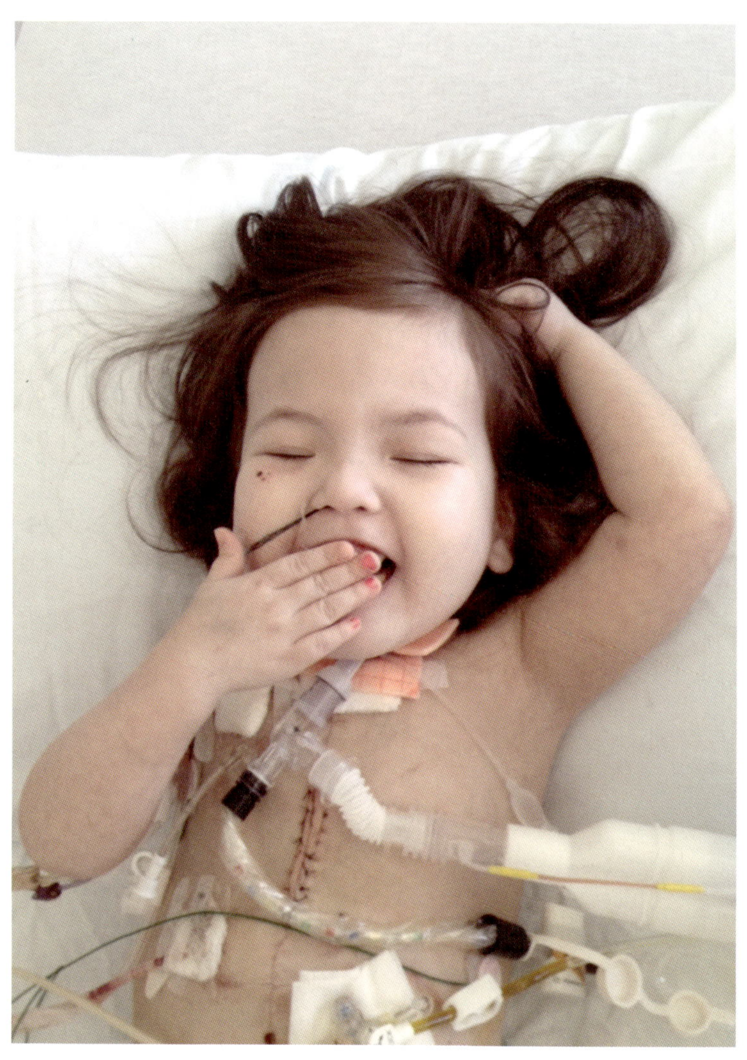

· · ·

최근의 해나 모습.

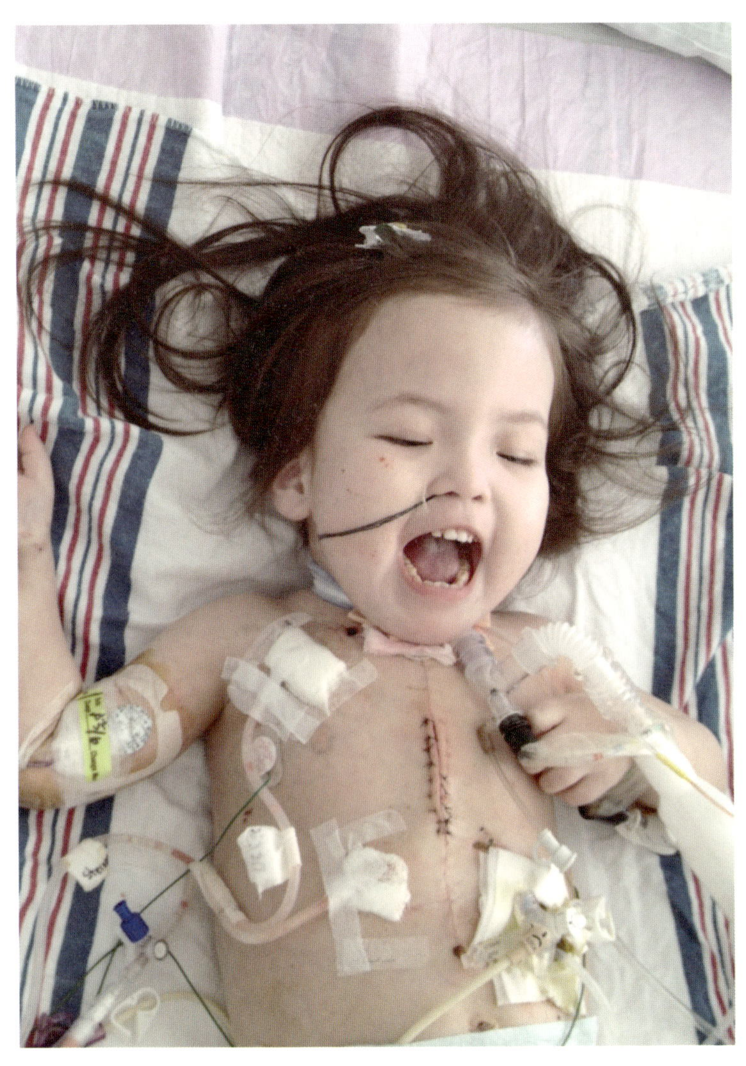

시한부 2개월을 선고받았던 해나가 이렇게 클 수 있을 거라곤
불과 3년 전에는 상상할 수 없었다.

해나가 할 수 있는 유일한 외출은
병원 복도 걷기다.

병원 창문을 통해 보는 세상이
해나가 접할 수 있는 세상의 전부다.

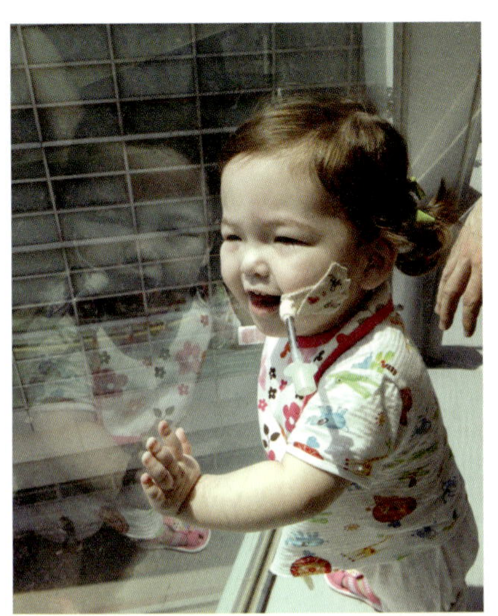

볼 수 있지만 갈 수 없는 세상,
해나는 그곳이 얼마나 궁금할까.

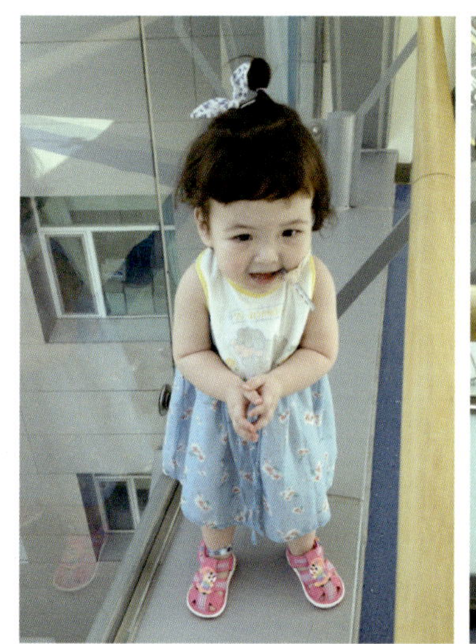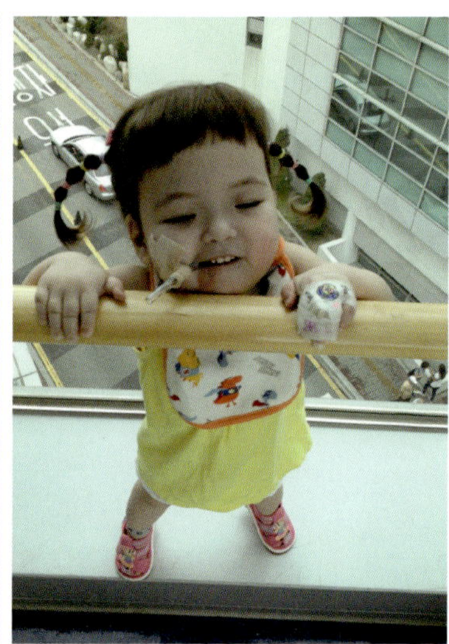

창문 밖 세상은 빠르게 변하는데……

해나는 늘 창문 안에 있다.

해나는 저희의 두번째 아이였습니다. 캐나다인 남편 대럴과 제가 5년여의 연애 끝에 결혼한 건 2008년의 일. 그리고 2009년 첫딸 대나가 태어났습니다. 엄마가 된다는 것, 한 생명을 온전히 책임진다는 것은 분명 떨리고 겁이 나는 일이었지만, 그 모든 감정을 덮을 만큼 커다란 기쁨과 행복을 주는 일이었습니다.

살짝이라도 힘을 주면 바스러질 것 같은 작디작은 아이의 손

기적 하나 ♥
　　해나, 세상과 만나다

이 제 손가락을 잡았을 때, 온몸으로 번지던 체온은 얼마나 따뜻하던지요. 아이를 품고 젖을 물리던 순간, 있는 힘을 다해 젖을 빠는 아이를 보며 삶을 향한 본능이 얼마나 대단한 것인지 새삼 감탄하기도 했습니다.

사랑하는 사람과 가정을 이루고 출산을 통해 또다른 가족을 만나는, 누구나 겪지만 그럼에도 여전히 특별한 그 경험은 따뜻하고 행복했습니다. 매일 얼마나 기도했는지 모릅니다. 부디 이 소박한 행복이 영원하길…… 하지만 2010년 8월 해나가 태어난 이후 우리 가족에게 머물렀던 행복은 뒤도 돌아보지 않고 매몰차게 떠나가버렸습니다.

사실 저희는 결혼할 때부터 아이를 낳지 않거나 한 명만 낳아 잘 기르자고 생각했었기에, 대나를 낳고 얼마 지나지 않아 해나를 임신한 사실을 알았을 때는 잠시 고민을 하기도 했습니다. 나중에 해나를 낳고 아이의 병을 알았을 때, 그때 품었던 잠깐의 나쁜 마음이 혹시 해나에게 안 좋은 영향을 미쳤던 것은 아닌가, 라는 생각이 들어 한동안 죄책감에 시달리기도 했습니다. 대나를 보살피느라 태교에 신경을 쓰지 못한 것도 마음에 걸렸습니다. 소홀하고 무심했던 엄마 때문에 해나가 뱃속에서 속상해하다가 몹쓸 병이 생긴 것은 아닐까, 생각하면 미안함에 가슴이 아려왔습니다.

해나의 병은 예측할 수 없는 아픔이었고, 감당하기 힘든 슬픔이었습니다. 받아들이고 싶지 않은 현실 앞에서 가족 모두가 고통에 빠졌습니다. 남편은 평생 흘린 눈물보다 더 많은 눈물을 해나가 태어난 날 흘렸다고 하더군요. 울다울다 더이상 울 힘이 없을 만큼 완전히 탈진한 이후에야 간신히 눈물을 멈췄다고요. 소식을 전해들은 친정어머니는 충격을 받고 쓰러지셨고, 이후 건강이 급격히 쇠약해지셨습니다. 저 먼 캐나다에서 이야기를 접한 시아버지는 한동안 식음을 전폐하셨다고 하더군요.

하지만 무엇보다 고통스러웠던 것은 저희가 아무리 힘들어하고 아파해봤자 해나가 겪는 고통에 비할 수 없을 것이란 사실이었습니다. 아무리 아파한다 한들 해나의 통증을 나눠 가질 수도, 덜어줄 수도 없다는 사실이었습니다.

실낱같은 숨으로 해나는 하루하루를 이어갔습니다. 그러나 아무도 내일을 기약하지 못했습니다. 저희가 원한 건 '해나가 나을 수 있다'는 기적이 아니었습니다. '나을지도 모른다'는 희망, 티끌처럼 작을지라도 어쨌든 희망, 그것만 있다면 충분했습니다.

하지만 누구도 우리에게 희망을 주지 않았습니다. 해나를 치료하기 위해 수많은 의료진과 무수히 많은 상담을 진행했습니다. 하지만 모두의 대답은 언제나 한결같았습니다. "잘 모르겠습니다." "무엇도 장담할 수 없습니다." 해나의 병은 희귀병이었고, 국내에선 이 병의 환자 중 생존한 경우가 아예 없기에 병원으로서도 줄 수 있는 답이 그것밖에 없었습니다.

"해나를 살리려면 어떻게 해야 할까요?"

"식도를 잘라서 기관을 만들어주는 수술을 할 수는 있습니다. 위험부담이 큰 대수술인데 적어도 여섯 번 이상은 받아야 할 겁니다."

"수술을 받으면 살 수 있는 거죠?"

"장담할 수 없습니다. 대부분이 출생 직후 사망했기 때문에, 국내에서 수술받은 사례가 세 건에 불과한데 모두 사망했습니다. 외국에서는 열 건 정도가 보고됐는데, 수술을 받고도 대부분이 짧으면 1~2개월, 길어야 1~2년 이내 사망했습니다. 가장 오래 생존한 경우가 여섯 살이었던 걸로 나오고요."

"그럼 수술을 해도 언제 죽을지 모른다는 건가요? 수술이 성공해도 여섯 살까지밖에 살 수 없고요?”

“지금까지의 사례로서는 그렇습니다.”

“그럼 수술을 안 하면요?”

“글쎄요…… 며칠일 수도 있고 길어야 2개월 정도일 것 같습니다.”

결국 수술은 아이를 살리는 것이 아니라 단지 수명을 조금 연장해줄 뿐이라는 이야기였습니다. 온몸에 무시무시한 호스들을 연결하고, 먹지도 소리내어 울지도 못한 채 병실에 내내 누워서 지내는 삶을 짧으면 몇 개월, 길어야 몇 년을 유지시켜줄 수 있다는 말이었습니다. 그것은 해나에 대한, 동시에 저희의 희망에 대한 사형선고였습니다. 아무런 희망도 품을 수 없다는, 잔인한 선고……

무거운 발걸음으로 해나가 입원해 있는 중환자실로 찾아갔습니다. 잠들어 있는 해나를 보는 순간, 갑작스럽게 원망스러운 마음이 들었습니다. 순간 모진 말들이 입 밖으로 터져나왔습니다.

“아가야, 너는 왜 나한테 태어나서 사랑도 못 받고…… 한 달, 두 달 있으려고 우리한테 온 거야? 이렇게 힘들게 하려고…… 이럴 거면 왜 왔니? 왜 왔어? 편한 데로 가. 이렇게 아프지 말고, 너 안 아플 수 있는 곳으로⋯⋯”

아무것도 해줄 수 없는 못난 엄마는, 그 미안함을 이렇게 모진 말로 대신하고 있었습니다.

몇 날 며칠 잠도 자지 못하고, 고민에 빠졌습니다. 얼마나 살 수 있을지 장담할 수 없다고 해도 수술을 받아야 하나, 아니면 더 힘들게 하지 말고 편히 보내줘야 하나, 두 가지 갈림길 앞에 놓여 있었습니다.

결국 수술을 받지 않기로 결정했습니다. 어떻게 부모가 아이를 포기할 수 있느냐고, 당신이 엄마 맞느냐고 손가락질할지도 모르겠습니다. 하지만 0.1퍼센트의 희망도 존재하지 않는 상황에서, 살아 있다고 해도 사는 게 아닌 삶을 아이가 겪게 하고 싶지 않았습니다. 고통스러운 삶을 연장시키려는 것이 아이의 의지와는 상관없는 저희의 욕심이라는 생각도 들었습니다.

그리고⋯⋯ 우리에겐 대나가 있었습니다. 이제 고작 두 살이 된 아이, 해나가 태어난 이후 대나는 완전히 방치돼 있었고 그 사실을 깨달은 순간, 딸 두 명을 모두 잃을 수 있다는 두려움에 휩싸였습니다.

위급한 상황이 닥쳐도 응급처치를 하지 않겠다는 동의서에
사인을 했습니다. 그리고 병원에 해나를 맡긴 채 집으로 돌아
왔습니다. 그렇게 해나를 포기하고 말았습니다. 그것이 진정
해나를 위한 일이라는, 해나 역시 그러길 바랄 거라는 비겁한
변명으로 스스로를 위로하면서……

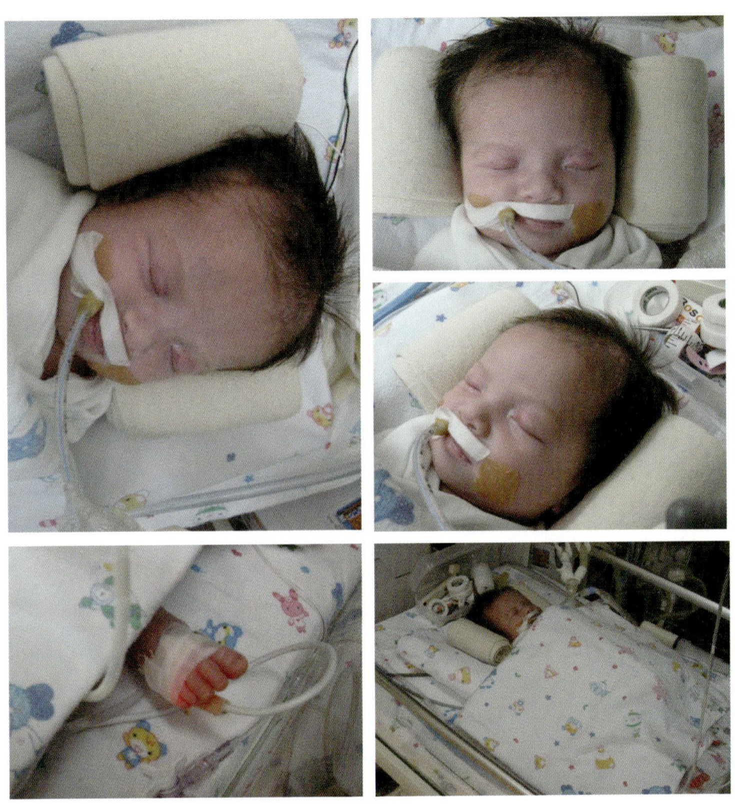

해나의 병은 연구사례도 전무한 희귀병이었고,
그 누구도 희망을 줄 수 없었다.

포기하지 않은
단 한 사람, 해나

병원에서 돌아온 뒤, 우리가 할 수 있는 일은 우는 것뿐이었습니다. 죄책감과 미안함을 눈물에 섞어 흘려보내는 일이었습니다. 그리고 기다리는 것이었습니다. 해나가 결국 세상을 떠났다는 전화를……

전화벨이 울릴 때마다 심장이 쿵, 내려앉았습니다. 수화기에서 들려올 말이 무서워 벨이 수십 번이 울리고서야 간신히 전화를 받곤 했습니다. 저희는 해나의 죽음을 바라지 않았지만,

동시에 바라기도 했습니다. 그 무서운 기다림이 너무 싫어서 기다림이 빨리 끝나길 바라는 마음을 발견할 때마다, 제 자신이 견딜 수 없이 싫어졌습니다. 제 자신이 무섭게 느껴지기도 했습니다.

해나가 잘 있을지, 아파하고 있진 않은지 걱정되고 궁금했지만, 병원을 찾지는 않았습니다. 온갖 의료기기로 생명을 지탱하고 있는 해나는, 숨을 쉬고 있는 죽은 아이였습니다. 심장은 뛰고 있지만 죽기만을 기다리고 있는 삶이었습니다. 그 모습이 너무 끔찍해서 볼 수가 없었습니다. 엄마로서의 본분을 저버린 삶, 살아도 사는 것 같지 않은 날들이었습니다.

남편 역시 하루하루 간신히 버티는 듯했습니다. 학교에서 영어를 가르치는 그는, 자신의 딸은 병원에서 죽어가는데 먹고 살겠다며 일을 하는 스스로가 견딜 수 없었다고 합니다. 수업 시간에 떠드는 학생들을 보면 '너희는 기도와 기관지가 있어서 그렇게 떠들 수도 있구나. 내 딸은 울어도 소리조차 나지 않는데, 너희는 그렇게 시끄럽구나'라는 못난 생각이 들어, 수업을 진행하기가 어려웠다고 합니다.

만약 대나가 없었다면, 모든 것을 포기했을지도 모릅니다. 딸을 포기한 부모가 삶을 포기하지 않을 이유는 없었습니다.

하지만 이제 막 말을 배워 '아빠' '엄마'를 부르는 대나를 보면, 집에 드리운 그늘을 모른 채 밝게 웃는 대나의 미소를 보면, 어떻게든 살아야 했습니다.

그러던 어느 날, 병원에서 전화가 걸려왔습니다.

"여…… 여보세요?"

"해나 어머니, 지금 해나 튜브가 빠졌는데요? 어떻게 할까요? 다시 넣지 말까요?"

응급처치를 하지 않는다는 동의서대로라면 제게 전화할 필요도 없이, 그냥 넣지 않으면 되는 일이었습니다. 하지만 그 의사는 제게 의견을 구하고 있었습니다. 이미 포기했는데…… 해나를 보내주겠다고 마음먹었는데…… 넣지 말라는 말이 차마 나오지 않았습니다. 그건 제 딸을 죽이라는 지시를 내리는 것이나 마찬가지니까요. 아무리 모질고 못된 엄마라도, 그건 할 수 없었습니다.

"너…… 넣어주세요."

"네, 근데 지금 해나가 아주 위독해요. 튜브를 다시 넣는다고 해도 오늘이 마지막일지도 모르겠습니다. 아버님이랑 병원으로 오시겠어요?"

"……"

전화를 끊고 병원에 갈 채비를 하는데, 다시 전화벨이 울렸습니다.

"다행이네요. 튜브 넣고 바로 안정을 찾았어요. 괜찮을 것 같습니다."

털썩, 다리에 힘이 풀려 주저앉았습니다. 해나가 살았다는 안도감과 또다시 무서운 기다림이 이어질 거라는 절망감이 제 몸을 짓눌러왔습니다. 의사선생님이 원망스러웠습니다. 이미 병원에 모든 결정을 위임했는데, 왜 제게 연락해 시험에 빠지게 한 건지…… 야속하고 미웠습니다. 그때는 세상 모든 것이 싫고 밉기만 했던 모양입니다.

나는 아무것도 할 수 없는데 사람들은 아무렇지 않게 그들의 삶을 평소처럼 살아갑니다. 결혼을 하고, 임신을 하고, 아이를 낳고, 새 차를 사고, 새 집으로 이사를 가고…… 내가 이렇게 힘들고 처절해도 사람들은 움직이고 세상은 돌아가고 있었습니다. 그런 세상과 동떨어진 삶을 사는 나는 융화될 수 없었고 불공평한 듯한 세상이 너무나 미웠고 그 누구와도 어떤 상황과도 소통하고 싶지 않았습니다. 아니, 어쩌면 세상에 나갈 용기가 없었는지도 모릅니다.

기형아라는, 그것도 이름조차 들어보지 못한 희귀병을 가진 아이의 엄마라는 사실에 죄책감을 느끼며, 누가 뭐라 하지도 않았지만 사람들의 눈치를 보며 위축될 수밖에 없었습니다. 어느 날은 저와 계속 연락이 닿지 않자 제 안부를 궁금해하는 친구들이 집을 찾아왔고, 저는 그들의 호의를 매몰차게 뿌리치며 문전박대했습니다. 관심과 위로가 더 독이 되어 쌓이고, 스스로 만들어놓은 작은 틀에 갇혀 계속 제자리만 맴돌 뿐이었습니다. 아이들이 공부를 안 한다고 성적이 많이 안 좋다며 걱정하는 부모들을 보며 그들에겐 나름 심각할 수밖에 없는 고민이 그저 부러운 사치로밖에 느껴지지 않았습니다. 그렇게 그렇게, 저만 제자리인 채로 끝날 것 같지 않은 시간은 어디론가 흘러가고 있었습니다.

그런데, 모두가 포기한 해나를 포기하지 않았던 단 한 사람이 있었습니다. 바로 해나였습니다. 절망 앞에 두 손을 놓고 있

 병원에
서는 그 작은 튜브만으로 제대로 호흡하는 것은 불가능하다고
했습니다. 그런데 해나는 튜브만 빠지지 않으면 거의 정상적으
로 호흡을 했습니다.

내일을 기약할 수 없을 것이라던 해나는 그렇게 5개월을 견
뎠습니다. 병원에서는 기적이라고 했습
니다. 그리고 그 기적이 의료진의 마음을 돌렸습니다. 해나를
그냥 보내주는 편이 좋겠다던 의료진조차 저희를 설득했습니
다. 포기하지 말자고, 해나가 이렇게 열심히 살아내는데 우리
도 힘을 보태주자고.

“저희도 이렇게 잘 버틸 수 있을지 몰랐습니다. 아이가 이렇
게 최선을 다해 살고 있는데, 모르는 척할 수가 없습니다. 설사
부모님이 아이의 튜브가 빠졌을 때 삽입하지 않겠다고 동의하
셔도, 저희는 그럴 수가 없습니다. 절대 그러지 않겠습니다. 이
건 기적입니다. 이렇게 살아낸 아이는 이제껏 한 명도 없었어
요.”

여러 진통의 시간이 있었지만, 결국 저희도 마음을 바꿨습니
다. 해나의 기적이 여기서 끝일지도 모르지만, 아이가 병과 싸

우는 동안은 함께 싸워주자고. 더이상 혼자서 외롭게 싸우게
하지는 말자고.

　5개월 만에 해나를 다시 품었습니다. 이전까지는 제 아이지
만 마음에 담을 수가 없었습니다. 계속 밀어내려고만 했고 '더
이상 오면 안 돼, 더이상 오면 안 돼'라는 생각만 반복했습니
다. 제 자신을 지키려고만 했던 것입니다. 아이가 불쌍하고, 제
자신이 불쌍하고, 우리 가족이 불쌍해서 울기만 했던 것입니
다. 그런 저를 해나가 바꿔놓았습니다. 해나의 노력이 제 마음
을 돌려놓았습니다.

　해나는 그저 살았던 것인지도 모릅니다. 갓난아이가 삶에 대
한 의지를 품고, 살고자 노력했다고 하면 그건 거짓말이겠죠.
하지만 해나의 마음이나 생각은 몰라도, 해나의 몸만은 살고자
했습니다. 자신에게 주어진 삶에 최선을 다하고 있었습니다.
어른들이 모두 안 된다고, 가망이 없다고만 할 때, 해나는 꿋꿋
이 숨쉬며 하루하루 삶을 이어갔습니다. 마치 포기한 어른들을
꾸짖기라도 하듯, 삶은 그렇게 쉽게 포기해서는 안 되는 것이

라는 사실을 알려주기라도 하듯.

태어나는 순간부터 살아야 할 의무와 책임을 갖는다는 건 모두가 알고 있는 사실일 것입니다. 하지만 우리는 살면서 그 기본적인 사실조차 잊고 지내게 되는 것 같습니다. 삶이 어렵고 사는 것이 힘겨워서, 삶에 대한 의무와 책임을 저버리고 싶은 순간들이 저 역시 많았습니다. 그런 우리에게 해나는 삶이란 살아낼 때야 의미 있는 것이라는 깨달음을 전해주고 있었던 것입니다. 아무리 아픈 삶이라도 살아내야 한다는 메시지를 전해주고 있었던 것입니다.

해나의 외로운 싸움이, 그렇게 만들어낸 기적이, 결국 어른들의 생각을 바꿔놓고 말았습니다. 그리고 이것은 해나가 만들어갈 수많은 기적의 시작에 불과했습니다.

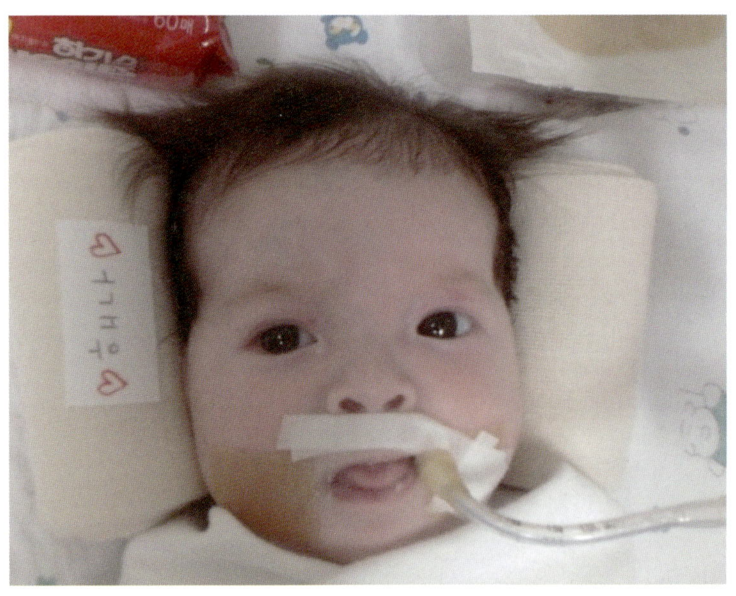

모두가 포기한 해나의 삶을
오직 해나만이 포기하지 않았다.

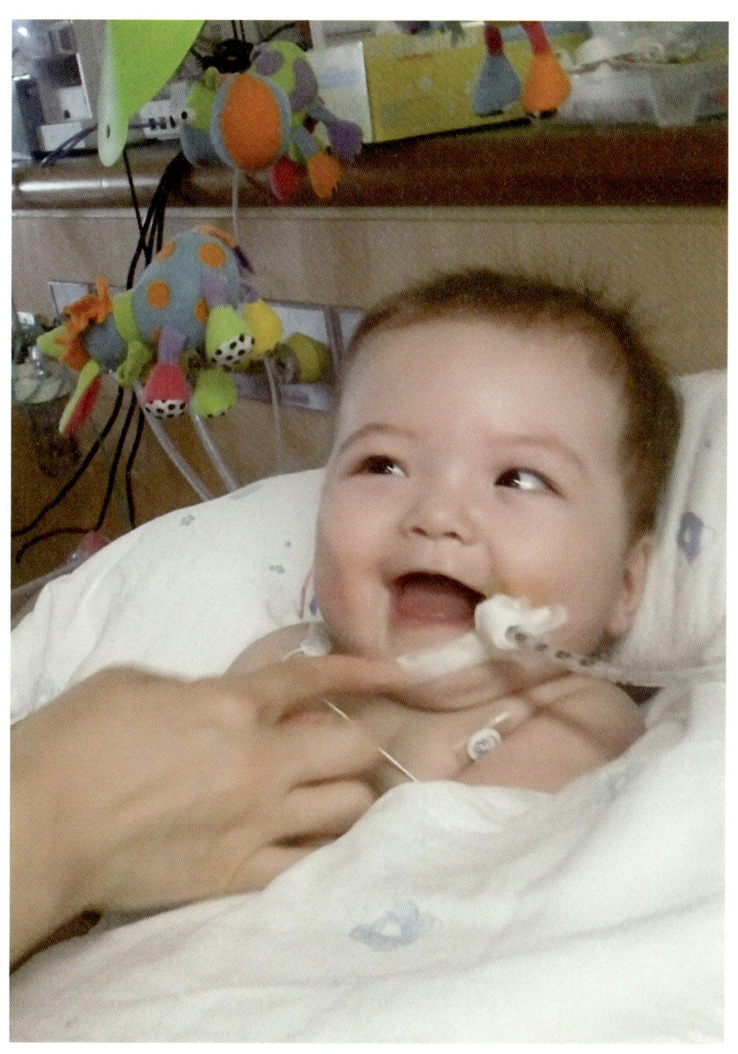

절망 앞에 두 손을 놓고 있던 우리에게
해나가 희망의 빛을 보여줬다.

엄마가 해나에게

해나야, 안녕. 엄마야.

우리 해나가 이 글을 직접 읽고 있다면, 해나가 어느새 여섯 살쯤 됐을까. 아니면 일곱 살? 우리 해나는 똑똑하니까, 아마 다섯 살인데 벌써 한글을 뗐을지도 모르겠다.

아, 그런데 어쩌지. 엄마가 해나를 잠시 포기하려는 나쁜 마음을 가졌었다는 걸 해나가 알아버렸구나. 엄마에게 화가 났을지도 모르겠네. 미안, 엄마가 정말정말 미안해. 많이 서운하고 섭섭하겠지만, 이것만은 알아주렴. 엄마가 해나를 사랑하지 않아서 그랬던 게 아니란 걸. 정말 많이 사랑했기 때문에 그런 생각을 할 수밖에 없었다는 걸 말이야.

해나는 아직 어리니까 엄마의 마음을 다 이해할 순 없겠지만, 살다 보면 말이야…… 사랑하기 때문에 떠나보내야 하는 순간들이 찾아오기 마련이란다. 엄마는 해나가 너무 소중하고 해나를 너무 사랑하기 때문에, 해나가 아프고 힘든 삶을 살게 하고 싶지 않았어. 그땐 해나가 이렇게 강하고 씩씩한 아이라는 것도 몰랐거든. 무서운 병 따위 거뜬히 이겨낼 만큼 힘이 센 아이인지 알지 못했어. 그때의 너는 너무 작고 여리고 약했으니까. 엄마가 몰라서 그랬던 거니까, 용서해주지 않을래?

해나야, 엄마는 해나를 키우면서 참 많이 배웠단다. 어른이 되면 말이야. 사는 게 너무 힘들어서 살기 싫어지는 순간들이 오기도 하거든. 그런데 해나를 보면서 살아간다는 게 얼마나 멋진 일인지, 행복한 일인지, 감사한 일인지, 깨달을 수 있었단다. 우리 해나는 그만큼 열심히, 최선을 다해 살아왔으니까.

작고 여린 몸으로 수술실을 제 집처럼 오가면서 힘겨운 싸움을 하는 너를 보며, 눈물겹게 고마운 네 삶 앞에서 '기적 그딴 거 다 필요 없으니까 그냥 남들처럼 평범한 아이의 삶을 주시지' 하며 신을 원망할 때도 많았단다.

하지만 이내 엄마 스스로 넌 결함이 있는 불쌍한 아이가 아닌, 남들이 가지지 못한 걸 가진 특별한 아이라고 되새기고, 되새기고, 또 되새겼어. 네가 많이 힘들어하는 걸 볼 때면 그 되새김이 효력을 잃기도 하지만, 넌 엄마에게 언제나 특별하고 사랑스러운 아이라는 걸 절대 잊지 마.

　해나야, 너는 기적이야.
　모두가 포기한 삶을 혼자서 외롭게 지켜내던 너,
　어른도 견디기 힘든 통증을 묵묵히 참아내던 너,
　세상에서 가장 환한 미소로 오히려 우리를 위로해주던 너,
　너는 그 자체로 기적이었어.

　네가 이렇게 치열하게 살아야만 했던 이유를 네가 이 글을 이해할 나이가 될 때쯤엔 알 수 있을까? 엄만 지금 어렴풋이 알 것 같긴 한데 아직도 정확한 답을 찾진 못한 것 같아. 해나가 먼저 찾아내면 엄마한테 꼭 알려주렴.^^

　분명한 건 너로 인해 정말 많은 사람들이 삶에 대한 열정과 사랑을 깨닫게 되었고, 기적이란 걸 믿게 되었다는 거야. 또 너는 너란 존재만으로도 사람들을 행복하게 만들었다는 거야. 헤아릴 수 없을 만큼 많은 사람들이 같은 마음으로 널 위해 기도하며 널 응원하며, 지금 이 순간에도 그리고 앞으로도 너와 함께 웃고 울고 한다는 걸 잊지 않았으면 좋겠다.

　그런 해나의 엄마라서, 엄마는 정말 행복하고 감사하단다. 살다

보면 예상치 못한 시련에 맞닥뜨리는 순간도 분명 오겠지만, 해나니까, 무시무시한 병도 물리쳐버린 용감한 해나니까, 아무리 힘든 상황도 이겨낼 수 있을 거라고 믿어. 분명 네가 받은 사랑의 가치만큼 가치 있는 삶을 살아가는, 평범하지만 특별한 사람이 될 거라 엄마는 믿는다.

해나야~ 정말 고맙다. 엄마의 딸로 태어나줘서. 그리고 네가 이 글을 읽고 나서 엄마에게 이렇게 말하는 걸 감히 혼자 상상해본다.

"엄마, 고마워~ 나를 낳아줘서!"

2장

기적 둘
해나, 희망과 만나다

삶을 향한 해나의 외로운 싸움은 희망이란 기적을 빚어냈다. 포기하지 않는 한, 포기하는 것을 포기한다면, 희망은 반드시 우리를 찾아온다는 사실을 해나는 알려줬다.

하늘은 스스로 돕는 자를 돕는다고 했던가요. 고리타분하게 느껴지는 격언이 실로 위대한 메시지라는 사실을, 저희 가족은 몸소 겪게 되었습니다.

모두가 포기한 삶을 해나가 혼자 꿋꿋이 살아내고 있을 때, 우리 앞에 천사가 나타났습니다. 그녀는 정말 천사였습니다. 해나에게 희망을 선물한 천사, 바로 재미교포 간호사 린지 손이었습니다. 2010년 12월, 그녀가 미국에서 해나를 수술해주겠다는 기적 같은 소식을 안고 우리를 찾아온 것입니다.

　사실 린지 손 간호사가 해나를 처음 만난 건 2010년 10월의 일이었습니다. 업무상 출장으로 10년 만에 한국을 찾은 그녀는 서울대병원을 방문했다가 우연히 해나를 보게 되었다고 합니다. 그때 저 역시 그녀를 만났습니다. 절망스러운 한숨을 쉬며 해나를 바라보고 있는 제게 한 여성분이 다가와 말을 건넸습니다.
　"당신이 해나의 어머니신가요?"
　"네, 그런데요."
　"저는 미국 병원에서 일하는 간호사입니다. 한국을 찾았다 우연히 해나의 이야기를 듣게 되었어요. 아이가 기도가 없어서 숨을 쉴 순 없지만, 다른 장기는 모두 괜찮은데 이렇게 그냥 두는 건 너무 안된 일 같아요. 아이를 살려보면 어떻겠어요?"
　"죄송합니다. 저희도 오래 고민하고 결정한 문제입니다."
　"수술비 때문에 그러시나요? 제가 방법을 찾아볼 수도 있습니다."

"죄송해요. 저는 더이상 이야기하고 싶지 않네요."

당시엔 해나의 치료를 포기한 상황이었고, 절망과 좌절, 분노와 원망으로 가득 찬 시기였기에 그분의 선의를 온전히 받아들이지 못한 채, 매몰차게 뒤돌아서버렸습니다. 얼마 뒤 그녀는 다시 미국으로 돌아갔고요.

그리고 몇 개월 후, 린지 손 간호사로부터 연락이 왔습니다. 그녀는 미국으로 돌아간 뒤에도 해나가 머릿속에서 떠나지 않았다며, 과거 같은 병원에서 일했던 소아외과의 마크 홀트만 박사에게 도움을 청했다고 했습니다. 그리고 마크 박사는 자신이 근무하고 있는 성프랜시스병원을 설득, 해나의 치료를 결정하게 했다고요.

믿을 수 없는 일이었습니다. 마크 박사는 미국에서 유명한 소아과전문의였고, 많은 환자를 살린 경험이 있었습니다. 그런데 도움의 손길을 요청하기도 전에 그들이 먼저 연락을 해온 것이었습니다. 포기하는 걸 포기한 순간, 희망의 씨앗이 날아온 것입니다.

우리가 최소한의 영양 공급만 하며 어떠한 처치도 하지 않겠다는 동의서에 사인을 한 이후, 해나는 링거로 최소한의 영양만 공급받았습니다. 양쪽 손목에 더이상 주삿바늘을 찌를 곳이 없자, 목에 있는 굵은 혈관에 관을 삽입해야 했습니다. 그렇게 해나는 혼자 외롭게 병상을 지키며 가쁜 숨을 이어가고 있었습니다.

그러다 링거를 통해 바이러스에 감염되고 말았습니다. 참으로 오랜만에 만난 해나는 평소 해나의 얼굴이 아니었습니다. 커다란 탈을 쓰고 있는 듯 퉁퉁 부어서 알아볼 수 없을 정도였습니다. 그나마 좀 붓기가 빠진 거라는 간호사의 설명에 가슴이 미어졌습니다.

'자식이 이렇게 될 동안, 나는 세 끼 꼬박 챙겨먹고 다리 뻗고 살고 있었구나.'

그때 정말 해나 아빠와 얼마나 울었는지 모릅니다. 의료진 이야기를 들어보니 어떤 처치도 않겠다는 동의서에 서명을 했기에, 아무런 치료도 이뤄지지 않은 상태에서 해나는 혼자 고열과 싸우며 그걸 이겨나가고 있었던 겁니다. 해나는 간신히 목숨을 부여잡고 있었습니다. 당장 내일, 아니 한 시간 후도 장담할 수 없을 만큼 위험한 고비를 넘기고 있던 그때, 린지 손 간호사가 희망의 메시지를 전해준 것이었습니다. 해나도 자신에게 찾아온 기적 같은 기회를 알았는지, 무사히 위기를 넘겼습니다.

사실 해나가 수술을 받는다고 해도 계속 고통에 시달리다 얼마 살지 못할 거라고 생각했기 때문에, 린지 손 간호사의 제안에 처음부터 마음이 동하지는 않았습니다. 그런데 이기적인 엄마가 이것저것 재고 따지는 동안 그녀는 오로지 해나의 생명에만 집중하고 일을 진행했습니다.

심지어 린지 손 간호사는 만약 우리가 함께 가기 어렵다면, 자신이 미국에서 해나를 돌보겠다며 해나를 입양하고 싶다는 뜻까지 전했습니다. 결국 저희 마음도 움직일 수밖에 없었죠. 그녀는 정말 믿을 수 없는 선물이었습니다. 어쩌면 사람들은 저희가 운이 좋았다고 말할지도 모르겠습니다. 하지만 저는 그것이 결코 불현듯 찾아온 행운이라고 생각하지 않습니다.

모두 해나가 이뤄낸 일들이었습니다. 삶을 포기하지 않은 해나의 모습이 서울대병원 의료진을 감동시켰고, 그래서 그들이 병원을 찾은 린지 손 간호사에게 해나를 소개했고, 그녀 역시 해나의 모습에 깊은 감명을 받았고…… 해나의 기적이 또다른 기적들을 만들어낸 것이었습니다.

물론 과정에 많은 난항이 따르긴 했습니다. 미국에서 수술하기로 결정한 후, 미국 병원 측에서 진행이 어렵겠다는 통보를 해왔습니다. 마크 박사는 식도를 기도로 사용하고 대신 인공식도를 이식하는 방법, 해나의 장을 끊어 기도를 만드는 방법 등을 연구했지만 모두 어린 해나에게 맞는 방법인지는 알 수 없었습니다. 그 위험성 때문에 병원에서 난색을 표해온 것입니다. 수술이 실패할 수도 있고, 성공한다고 해도 평생 병원에서 치료를 받아야 할 수도 있는데, 모든 위험을 감수하기엔 부담스럽다는 설명이었습니다.

희망의 씨앗이 꽃을 피우기도 전에 사라지려던 상황이었지만, 포기하지 않았습니다. 포기하지 않으면 반드시 길이 생긴다는 사실을 해나를 통해 배웠으니까요. 그리고 인터넷으로 온갖 정보와 자료를 검색하던 중, 해나 아빠가 스웨덴의 파울로 마키아리니 박사가 줄기세포를 통한 인공기도 이식수술을 세계 최초로 성공했다는 기사를 발견하게 됐습니다. 이전까지는 온통 부정적인 뉴스뿐이었습니다. 해나와 비슷한 상황에 있는 아이들은 모두 2~3년 안에 죽었다는 자료밖에 없었습니다. 그런데 어딘가에 희망이 있을 거라고, 해나의 가열찬 싸움에 응답할 무언가가 기다리고 있을 거라고 믿은 순간, 기적처럼 파울로 박사의 기사를 발견한 것입니다.

얼마 뒤 마크 박사가 우리를 찾아왔을 때, 조심스럽게 파울로 박사의 새로운 수술 이야기를 꺼냈습니다. 그는 좋은 대안이 될 수도 있다고 했지만, 파울로 박사에게 어떻게 연락해야 할지 난감해했습니다.

그리고 마크 박사가 미국으로 돌아가고 며칠 뒤, 그에게 연락이 왔습니다. 파울로 박사가 '무료로 수술을 맡겠다'고 했다는 소식이었습니다. 마크 박사는 응답을 전혀 기대할 수 없었지만 일단 시도라도 해보자는 생각에 무턱대고 파울로 박사에게 메일을 보냈다고 합니다. 답이 없으면 그때 다른 방법을 강구해보자는 마음이었답니다. 그런데 놀랍게도 메일을 보낸 지 불과 여섯 시간 만에 전화가 왔다는 것입니다.

서울, 시카고, 스웨덴을 잇는 '해나 프로젝트'가 시작된 순간이었습니다.

그런 생각을 해본 적이 있습니다. 만약 대나가 없었다면, 해나가 첫아이였다면 어땠을까라는…… 그런데 만약 해나가 대나가 태어난 2009년에 태어났다면, 프로젝트는 불가능했을 일입니다. 파울로 박사가 줄기세포로 인공기도를 만드는 수술을 시작한 것은 2010년의 일. 대나가 태어났던 날, 대신 해나가 태어났다면 해나는 수술의 기회조차 없었던 겁니다. 더욱이 린지 손 간호사도 2010년에 한국을 찾았으니, 그녀 역시 만날 수 없었겠죠. 해나는 놀랍게도 정확한 타이밍에 태어난 거였습니다.

신기한 우연으로 파울로 박사와 해나는 생일도 똑같답니다. 이 책을 진행하는 편집자도 해나와 생일이 같다고 합니다. 그저 우연일지도 모르지만, 우연과 우연이 더해지면 인연이 되고 인연들이 만나 기적을 만드는 것이 아닐까요. 어쩌면 해나는 기적이 운명인 아이인지도 모른다는 생각이 듭니다.

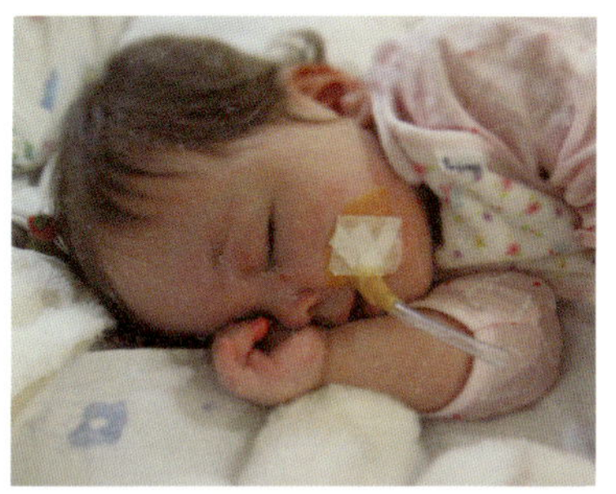
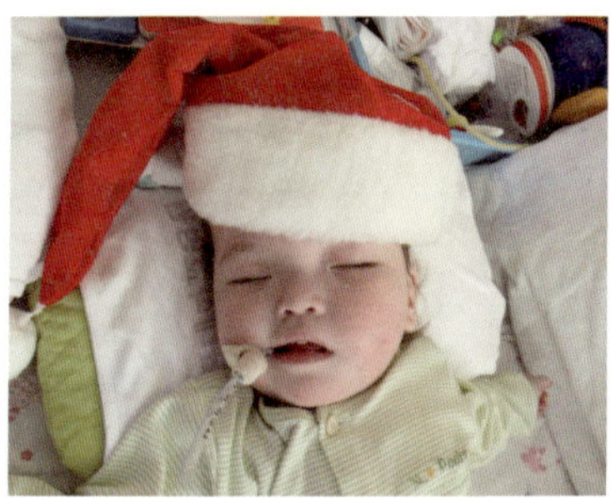

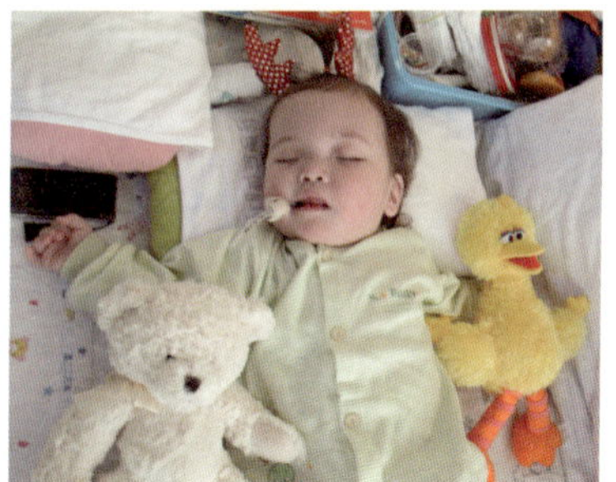

잠든 해나의 평온한 표정.
어쩌면 아이에게 이 평화를 계속 선물하고 싶은 마음이
해나를 위한 도움으로 이어지는 건지도 모르겠다.

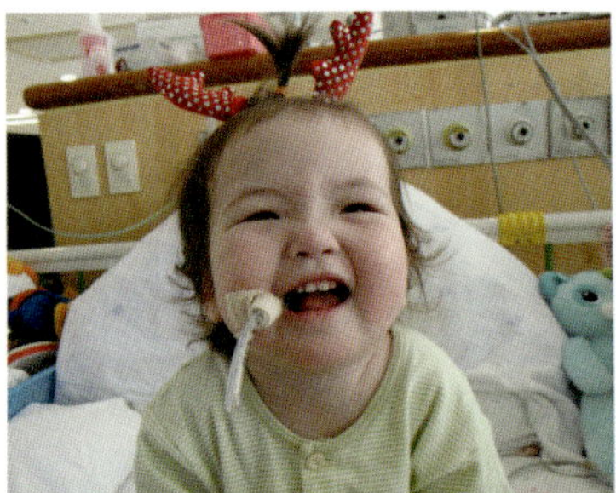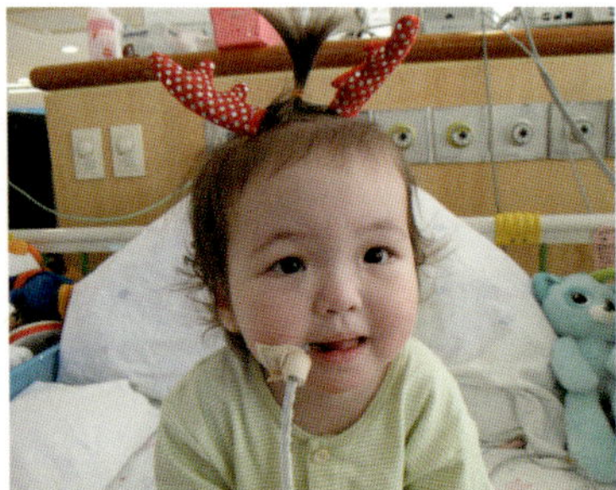

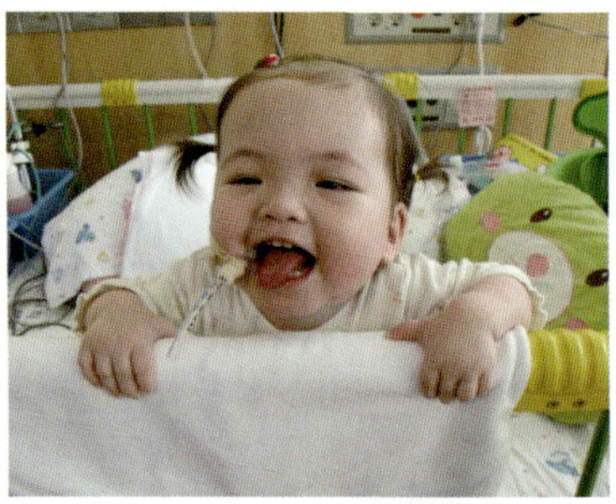

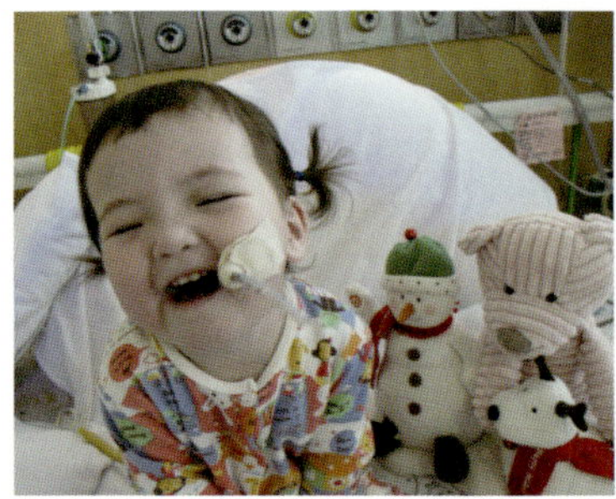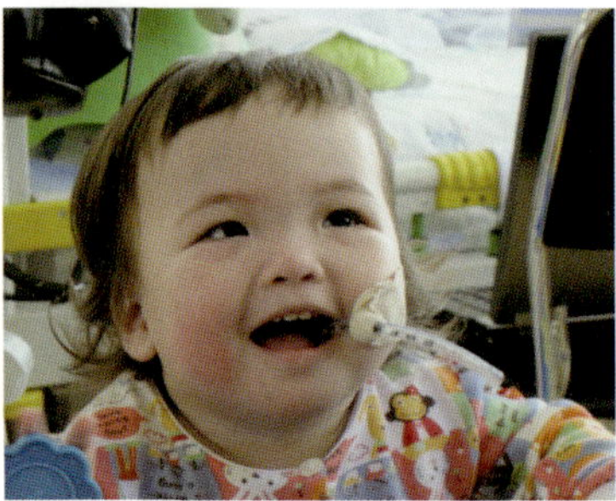

해나의 미소는 분명
사람을 행복하게 만드는 힘이 있다.
그 미소가 사람들을 감동시킨 걸까.

2011년 8월 22일, 늘 적막에 휩싸여 있는 서울대병원 신생아 중환자실에 흥분 섞인 활기가 돌았습니다. 의사들과 간호사들은 설레는 표정으로 연신 바쁘게 돌아다녔고, 삭막한 의료기기와 침대만 있었던 병실에 형형색색의 풍선들이 장식됐습니다. 병실 한편에 준비된 테이블 위에는 케이크와 과일, 연필, 실, 돈이 놓였습니다.

그날은 해나의 첫돌이었습니다. 해나가 태어났을 땐, 상상도 못했던 날이었습니다. 태어나자마자 시한부 2개월을 선고받았던 아이가 2개월을 훌쩍 넘겨 12개월을 산 것이었습니다. 처음에는 인공호흡기 치료를 받았던 해나는, 이제 호흡기를 떼고 튜브만 있어도 숨을 쉴 수 있는 상태까지 호전됐습니다. 담당 의사인 이주영 선생님은 의학적으로 설명이 안 되는 기적이라고만 하셨습니다.

이제 기적은 해나에겐 당연한 일이 됐습니다. 현실적으로 불가능한 일들이 벌어져도 우리는 모두 놀라지 않고 수긍했습니다. 해나니까! 해나니까, 이런 기적이 가능하다고요. 늘 위태로운 순간을 기적처럼 이겨내며 '해나니까'라는 유행어를 저희와 의료진 사이에 만들어낸 해나니까요.

이날을 위해 마련한 예쁜 드레스를 입혔습니다. 오른쪽 둘째 손가락에 선물받은 금반지도 끼워줬습니다. 돌잔치를 준비하는 내내, 지금 이 시간들이 믿기지 않았습니다. 해나 아빠도 마찬가지였나봅니다. 흥분을 감추지 못하던 그가 제게 물었습니다.

“여보, 믿겨져? 오늘 해나의 돌잔치가 열리는 거야!”

“응, 해나 돌잔치.”

“그래, 해나, 해나의 돌잔치라고! 해나가 한 살이 된 거야. 이게 꿈이 아니라고? 진짜 현실이라는 거지?”

엄마 아빠의 감격을 해나도 아는 걸까요. 평소와 다른 병실 분위기가 낯설 법도 한데, 연신 그 예쁜 미소를 잃지 않습니다. 비록 소리는 나지 않지만 해나의 웃음에서 ‘까르르’ 소리가 느껴집니다.

‘그래, 해나야, 오늘은 너의 날이야. 온전히 네가 만들어낸 너의 생일이야.’

모든 사람들의 축하를 받으며, 해나가 돌잔칫상 앞에 앉았습니다. 가슴이 두근거립니다. 상에 놓인 물건 중에서 해나는 무엇을 제일 먼저 잡을지…… 마음속으로 계속 외쳐봅니다.

‘해나야, 실, 실, 해나야, 실.’

아이가 공부도 잘하고 돈도 많이 벌고 성공도 하면 좋겠다는 바람은 모든 엄마의 마음이겠지만, 제겐 해나가 오래 사는 것이 그 모든 소망을 앞서는 염원이었습니다.

해나가 상 위로 손을 뻗습니다. 두근, 두근. 일 초가 한 시간처럼 느껴집니다. 그런데 맙소사, 해나가 골프채를 잡습니다. 엄마가 그렇게 텔레파시를 보냈는데, 제대로 전달이 되지 않은 모양입니다.

"이건 무효야, 무효. 그래, 연습한 거다, 연습한 거. 해나, 다시 잡아봐."

황급히 골프채를 뺏고, 다른 것을 고르게 했습니다. 하지만 자신이 집어든 물건을 가져가자 심통이 났는지 해나는 아무것도 잡으려고 하지 않았습니다. 결국 해나의 손에 실을 쥐여줬습니다. 순간, 모두가 박수를 터뜨립니다. 아마 거기에 있던 사람들 모두 같은 마음이었나봅니다.

억지면 어떤가요. 미신이면 어떻고요. 그냥 해나에게 실을 통해 전해준 것뿐인 걸요. 풀어도 풀어도 끝이 보이지 않는 실처럼 오~래 살라고, 그게 우리 모두의 마음이라고, 앙증맞은 손에 실을 쥐여주면서 전달한 것이었습니다. 이주영 선생님이 그런 말씀을 하신 적이 있습니다. 해나가 살아 있다는 사실 자체가 정말 신기하다고요.

"저는 해나가 살아 있는 이유가 있지 않을까 생각해요. 해나는 모두에게 행복과 기쁨, 희망을 알려주려고 태어난 게 아닐까요?"

선생님은 집에서도 아침에 일어나자마자 해나가 잘 잤는지 궁금해진다고 하셨습니다. 선생님 둘째아이와 생일이 한 달밖에 차이가 나지 않아서, 커가는 모습이 둘째와 똑같다고도 하셨어요. 그래서 아이가 하나 더 있는 느낌이라고요.

사실 해나에게 서울대병원 의료진은 저희보다 더 각별하고 가까운 가족입니다. 하루걸러, 그것도 짧은 면회시간에만 만날 수 있는 엄마 아빠보다는 당연히 하루 24시간을 함께하는 의사와 간호사 들이 해나에게도 더 친근하게 느껴지겠지요. 무엇보다 그분들이 진심으로 해나를 사랑하고 아껴주셨기에 해나도 그 마음을 느낀 것 같습니다.

솔직히 고백하면, 질투를 느끼기도 했습니다. 두 돌이 되기 전까지 해나는 "엄마, 어딨니?"라고 물으면 제가 아닌 간호사 들을 가리켰습니다. 아직 어리기도 하고 상황이 상황이니만큼 이해가 되는 부분이기도 했지만, 엄마로서의 자리를 양보해야 하는 게 속상하기도 했습니다. 그 무렵 간호사들이 해나를 데리고 병원 복도(일명 구름다리)로 나가기 시작하면서 해나는 외출 아닌 외출이 마냥 신기하고 좋았던 모양입니다. 저희가 면회를 가도 자신을 자주 데리고 나가던 간호사가 보이면, 엄마와 아빠는 뒷전이고 울며불며 그분에게 가려고 떼를 썼던 기억도 있습니다. 그래서 한동안은 우리가 돌아갈 때까지 그분이 해나 눈에 띄지 않도록 피해다니는 웃지 못할 해프닝도 벌어졌습니다.

그런 엄마 같은, 이모 같은 블루 엔젤(해나 아빠가 붙여준 간호사분들의 별명입니다)들이 있었기에 해나가 구김살 없이 잘 자랄 수 있었다고 믿습니다. 저희 역시 그분들이 계셨기에 해나에 대한 미안함을 조금은 덜 수 있었습니다.

2013년 5월 MBC 〈휴먼다큐 사랑〉을 통해 해나의 이야기가 방영된 후, 많은 격려와 응원 속에 더러 서울대병원 의료진을 꾸짖는 글이 있었다는 이야기를 들었습니다. '외국의 의료진들이 해나를 치료할 때까지 서울대병원 의료진들은 무엇을

했나?' '해나 부모가 치료방법을 찾는 동안 의료진은 무엇을 했나?' 같은 의견들이 있었다고 하더군요. 이 기회를 빌려 말씀드리면, 해나를 위해서 서울대병원과 의료진은 정말 많은 노력을 기울였습니다. 병원 규정에도 불구하고 해나가 생후 31개월이다 되도록 신생아 중환자실에서 지낼 수 있었던 것도 병원 측에서 여러 어려움을 무릅쓰고 깊은 배려를 해준 덕분이었습니다.

또 소아과 의료진은 모두 진심으로 해나의 가족이 되어주었습니다. 의료진이 회진할 때는 의사선생님들이 해나의 손을 잡고 함께 도는 것으로도 유명했습니다. 담당의였던 이주영 선생님은 해나가 입원하는 순간부터 미국으로 떠날 때까지 저보다더 엄마 같은 마음으로 아이를 보살펴주셨습니다. 비록 파울로 박사의 치료방법을 찾아낸 것은 시간적으로 해나 아빠가 먼저였지만, 그 문제에 대해 허심탄회하게 이야기하고 긍정적으로 논의하게 된 것도 이주영 선생님이 있었던 덕분입니다. 그녀는 린지 손 간호사와 마크 박사, 파울로 박사와 네트워킹을 형성하고 여러 가지 문제의 해결을 위해 힘써왔습니다. 한국에서 수술하는 방법에 대해서도 여러 가지 방안을 놓고 모색했습니다. 결국 외국 의사의 국내 수술은 불가능하다는 의료법 때문에 좌절됐지만 해결책을 찾기 위해 백방으로 뛰어다녔던 것입니다.

서울대어린이병원의 모든 분들은 단순히 환자를 치료하는 의료진을 넘어 해나의 진정한 가족이 되어주셨습니다. 〈휴먼 다큐 사랑〉을 통해 해나의 이야기를 방송에 소개한 유해진 피디님이 어느 날 그런 말씀을 하셨습니다.

"어머니, 해나는 참 특별한 아이인 것 같아요."

"네? 왜요?"

"사람이라면 누구나 마음속에 선과 악이 공존할 텐데, 해나는 마음속 선만을 끄집어내는 어떤 마력이 있는 것 같아요. 그래서 주위 사람들이 자신의 가장 아름다운 마음으로, 최선을 다해 돕도록 만드는 게 아닌가 하는 생각이 들었어요."

정말 해나에게 그런 마력이 있는 걸까요. 누구나 해나를 보면 그녀를 사랑하고 도와주려는 걸 보면 그런 것도 같습니다.

해나가 태어나던 날엔 상상도 할 수 없던 날이 찾아왔다.
해나의 돌잔치라니!

해나도 기분이 좋은지,
연신 웃음을 멈추지 않았다.

해나가 실을 잡자,
모두가 기쁨의 환호를 터뜨렸다.

예쁜 옷과 인형을 선물받은 해나.
내 눈에는 누가 인형이고 누가 해나인지 분간이 가지 않는다.

“해나, 냄새 맡아봐, 하~”

“냄새 나? 해나, 냄새 나?”

아빠가 코에 오렌지를 대주자 해나가 킁킁대며 냄새를 맡습니다. 아니, 사실 해나는 냄새를 맡지 못합니다. 무지한 엄마는 나중에 미국에서 기도 이식수술을 받을 때가 되어서야 그 사실을 알았습니다. 해나는 코로 숨을 쉴 수 없기에 어떠한 냄새도 맡을 수가 없습니다. 그것도 모르고 입으로 맛볼 수 없으니 코로 냄새라도 느끼기 바라는 마음에 과일이며 초콜릿이며 코에 가져다 대곤 했습니다. 해나는 그런 엄마가 얼마나 야속했을까요. 아무 냄새도 나지 않는데 계속 맡아보라니……

하지만 해나는 한 번도 내색한 적이 없습니다. 마치 냄새가 느껴지는 듯 한참을 코에 대며 좋아하곤 했습니다. 엄마가 무안할까봐 배려해준 거라는 생각마저 듭니다. 어린아이가 그런 생각까지 할 리 없는데, 늘 나이답지 않은 어른스러움으로 사람들을 놀라게 하는 해나니까 그럴 수도 있다는 생각이 드네요. 먹고 싶은 마음이 간절할 텐데도 해나는 한 번도 음식을 먹겠다며 조른 적이 없습니다. 먹이고 싶어도 먹일 수 없는 부모의 마음을 헤아린 건지, 음식을 보고 코로 냄새를 맡는(아니, 맡는 척하는) 것으로 만족하고 미소를 지었습니다.

해나의 '진짜' 식사시간이 돌아왔습니다.

"해나야, 밥 먹자. 침대에 누워~"

그렇습니다. 해나는 누워서 식사를 합니다. 보통의 가정에서라면 아이가 식사시간에 벌렁 누우면 예의가 없다고 당장 혼쭐

이 날 텐데, 해나는 특별 케이스입니다. 배에 구멍을 뚫어 위에 바로 식사를 공급하기에, 누워야만 제대로 먹을 수 있습니다. 메뉴는 늘 똑같습니다. 일종의 분유라고 할 수 있는 경관유동식을 하루 여섯 번 먹습니다.

해나에게 식사는 철저히 생존을 위한 행위일 뿐입니다. 맛도 식감도 느낄 수 없습니다. 그저 살기 위해 영양소를 공급받는 것입니다. 그래도 해나는 '맛있게' 먹습니다. 냠냠, 입을 오물거리는 시늉도 합니다. 자기 나름대로 식사를 즐기는 방법을 터득한 모양입니다.

한번은 간호사가 같은 병실에 있는 신생아에게 분유를 먹이는데, 해나가 자신이 먹이겠다고 나선 적이 있습니다. 처음엔 아가가 귀여워서 그러나보다, 라고 생각했는데, 문득 궁금하고 부러운 마음인지도 모르겠다는 생각이 스쳤습니다. 입으로 음식을 먹는 모습이 신기하고, 어떻게 먹는지 더 자세히 보고 싶은 마음이 생겼던 건 아닐까 싶어요.

그래도 자신도 입으로 먹겠다며 떼를 쓴 적은 한 번도 없습니다. 해나는 자신에게 주어진 삶에 만족하고, 그 안에서 가장 행복할 수 있는 방법을 찾을 줄 아는 아이인 것 같습니다. 그런 해나를 볼 때마다 해나 자체에 기뻐하지 못하고, 왜 병을 갖고 태어난 건지 원망하고 속상해했던 제가 부끄러워집니다. 주어진 조건 안에서 최선을 찾는 아이, 부족한 삶이라도 만족할 줄 아는 아이, 어쩌면 그런 해나가 세상에서 가장 행복한 아이일지 모릅니다. 몸이 건강하고 많이 가져도 만족하지 못한 채 괴로워하는 사람들이 많은 세상이니까요.

입으로 먹을 수 없는 해나가 먹겠다고 고집을 피우는 것이 하나 있긴 합니다. 인공호흡 때 쓰는 산소발생기에서 나오는 산소입니다. 산소는 먹어도 된다는 사실을 본능적으로 알고 있는 모양입니다.

"산소 좀 줘? 먹을 거야? 지금은 안 먹어도 돼."

해나를 달래보지만 연신 고개만 끄덕입니다. 산소를 먹겠다는 표현입니다. 결국 해나에게 지고 말았습니다. 이럴 때는 영락없는 장난꾸러기입니다.

그런데, 산소를 마시려고 일어서던 해나의 숨소리가 갑자기 좋지 않습니다. 가래 끓는 소리가 나더니 기침을 합니다. 해나에게 기침은 치명적입니다. 잘못해서 튜브가 빠지면 숨을 쉴 수 없기 때문입니다. 순식간에 해나의 얼굴에서 핏기가 사라졌습니다. 튜브를 바로 넣어주지 않으면 즉시 위험에 빠집니다. 해나가 만 2년 반 동안 중환자실을 벗어나지 못하는 이유이기도 합니다. 응급처치가 1분만 늦어져도 위급사태에 빠질 수 있기 때문입니다. 수없이 겪은 일인데 번번이 가슴이 내려앉습니다. 간호사가 달려와 식도 끝까지 흡입기(석션기)를 넣어 가래를 빨아들입니다.

어른들도 힘들어하는 처치를 해나는 울지 않고 참아냅니다. 이게 살 수 있는 유일한 방법인 걸 알고 있는 것입니다.

이제 해나는 자칫 튜브가 빠지려고 하면 자기 손으로 잡아서 넣기도 합니다. 어느새 스스로를 지킬 만큼 큰 것입니다. 생후 8개월쯤 됐을 때는 무의식적으로 입에 있는 튜브를 계속 빼는 바람에 두어 달 정도 양손을 묶어놓고 지낸 적도 있습니다. 숨을 이어가기 위해서 어쩔 수 없는 조치였지만, 묶여 있는 양손을 처음 봤을 때 그 모습이 충격 아닌 충격으로 다가왔던 기억이 나는데…… 어느덧 이만큼 자라서 빠진 튜브도 잡을 줄 아는 나이가 되다니…… 아이의 성장에 또다시 감격이 밀려옵니다.

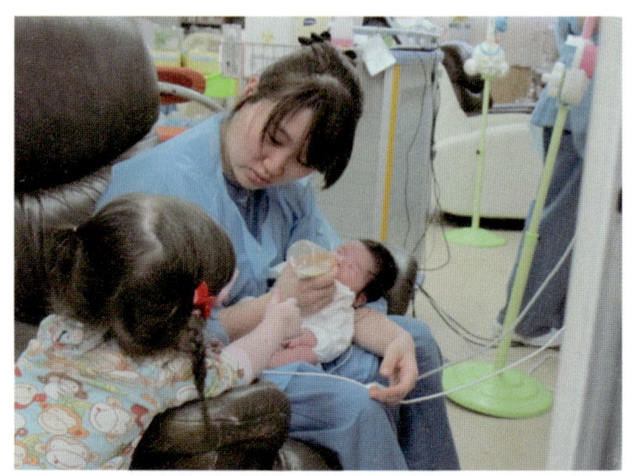

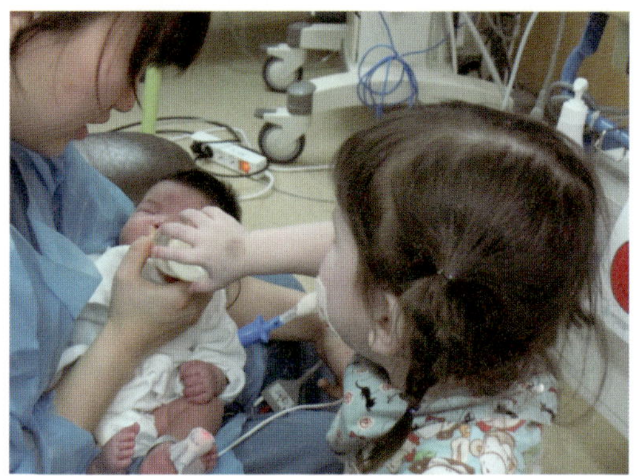

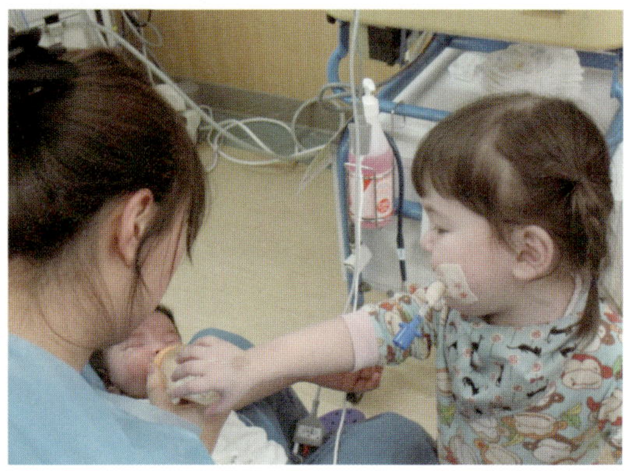

입으로 분유를 먹는 갓난아기가 신기했는지,
해나가 자신이 먹이겠다고 나섰다.

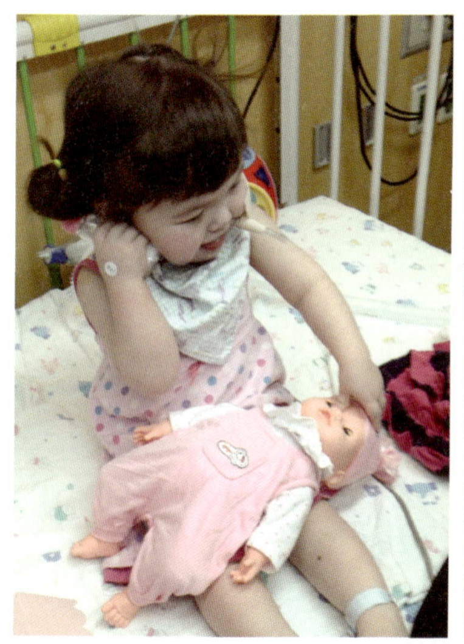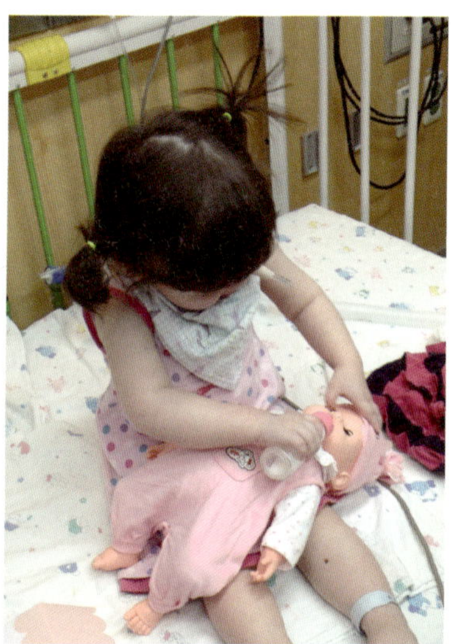

그리고 언젠가부터 인형에게
우유를 먹이기 시작했다.

해나의 두번째 생일. 눈앞에 맛있는 음식이 가득한데,
해나는 먹을 수 없다. 그래도 마냥 신난 해나.

아프다는 사실만 빼면, 다른 부분에서 해나는 보통의 아이와 비슷하게 성장했습니다. 입에 꽂혀 있는 튜브만 아니라면, 누구도 해나가 아픈 아이인 줄 알아채지 못했을 겁니다. 사실 해나가 정상적으로 클 수 있을지에 대해서 많은 염려가 있었습니다. 해나의 경우, 입에 연결한 튜브를 통해 산소를 공급받기에 뇌에까지 산소가 충분히 전달될지 장담할 수 없었기 때문입니다. 병원에서는 뇌 손상을 입을 가능성에 대해 줄곧 설명해줬습니다.

처음 병원에 입원했을 때, 폐가 많이 손상된 상태이기도 했습니다. 식도를 통해 이물질이 함께 들어가면서 폐에 염증이 생긴 거였습니다. 이후에도 여러 번 폐렴을 앓았고, 인공호흡기 치료를 하면서 머리에도 약간의 손상을 입었습니다. 목도 제대로 가눌 수 없어 오직 침대에 누워서만 생활해야 했습니다.

그러다 두 돌이 넘었을 때, 병원에서는 해나 머리둘레가 또래보다 크다며 혹시 모르니 검사를 해보자고 했습니다. 기도가 없는 것 빼고는 또래와 비교해 부족함이 없는 해나였기에 별일 없을 거라 생각했는데, 결과는 생각보다 심각했습니다.

"머리에 물이 좀 많이 차 있네요. 신경외과에 협진을 의뢰해야 할 것 같습니다."

다른 곳도 아니고 뇌인데…… 무엇을 어찌해야 할지 몰라 머릿속이 하얘지면서 하염없이 눈물만 흘렸습니다. 간신히 마음을 다잡고 원인에 대해 물었습니다.

"무슨 문제인데요? 왜 그런 거예요?"

"정확한 이유는 알 수 없습니다만, 해나의 경우는 워낙 산소부족으로 고생했기 때문에 뇌로 가는 산소 공급이 원활치 않아 그럴 수 있습니다. 예전에 목에 링거를 맞았을 때 감염된 적 있었잖아요? 그때 물이 제대로 순환을 못해서 뇌에 물이 고여 있는 것일 수도 있고요.”

가슴이 무너져내렸습니다. ‘결국 내가, 엄마인 내가 너를 이렇게 만들었구나……’ 제 자신이 미치도록 밉고 싫었습니다.

잠시 후 신경외과 교수님이 해나의 상태를 살피시곤, 머리에 물이 차는 종류의 질병은 아닌 것 같다고 설명해주셨습니다. 해나의 여러 상황들 때문에 생긴 일시적인 현상 같다고요. 심각한 상황은 아니었지만, 집에 돌아와서도 생각을 떨쳐버릴 수 없었습니다. 아마 해나 아빠도 저와 같은 생각이었는지 아무 말 없이 앉아만 있었습니다. 제가 먼저 말을 꺼냈습니다.

“그때…… 우리가 다른 선택을 했다면, 해나의 치료를 포기하지 않았다면, 해나가 지금 이런 문제를 겪진 않았을 텐데……”

“영미…… 그때의 우리는 최선의 선택을 한 거였어. 어쩔 수 없는 상황이었잖아. 우리는 지금의 우리에게 닥칠 일을 모르고 있었잖아. 절대 자책하지 마.”

남편은 저를 다독였지만, 그날 밤 내내 저는 베갯잇이 다 젖도록 울었습니다. ‘해나야, 미안해, 미안해. 엄마가 미안해.’ 마음속으로 수백 번을 외쳤던 것 같습니다. 다행히 해나의 뇌에는 별다른 문제가 없었고, 또래보다 느리긴 해도 발달과정을

차근차근 거쳐왔습니다. 하지만 지금도 그때의 미안함은 떨쳐
지지가 않습니다. 아마 평생을 지고 가야 할지도 모르겠습니
다. 그런 엄마의 마음을 알아서일까요. 엄마가 조금은 덜 미안
할 수 있게 해나는 정말 잘 커주었습니다.

모든 엄마는 아이의 모든 첫 순간을 기억하기 마련이겠죠.
아이가 처음 웃던 순간, 아이가 처음 먹던 순간, 아이가 처음
옹알이를 하던 순간, 아이가 처음 제 힘으로 뒤집어 눕던 순간,
아이가 처음 기던 순간, 아이가 처음 걷던 순간…… 그 모든 순
간이 엄마에겐 놀라운 기적으로 다가올 겁니다.

저 역시 그랬습니다. 그리고 제겐 어쩔 수 없이 좀더 뭉클한
순간들이었습니다. 살아 있어준다는 사실만으로도 감사한데,
보통의 엄마들이 맛볼 기쁨까지 잊지 않고 선사해주는 해나가
정말 고마웠습니다. 설사 걷지 못한다 해도, 내내 침대에 누워
있어주기만 해도 고맙다고 생각하면서도, 정작 아이가 좀더 많
은 것을 이뤄내주길 바랐던 것도 같습니다. 그런 엄마의 과욕
에 해나는 기꺼이 응해줬습니다.

해나는 12개월이 될 때까지 혼자 앉지도 못했습니다. 12개월이 지나서야, 계속 누워서 지내느라 사용해보지 못한 어깨, 목, 다리 등의 근육들을 움직이기 위해 재활치료를 시작했습니다. 배를 바닥에 대고 엎드려 머리를 드는 것부터 시작해 손으로 바닥을 짚고 배를 들어올리는 것, 엎드려 기는 것을 순서대로 차근차근 배웠습니다. 그때마다 해나의 얼굴은 시뻘겋게 달아오르고 땀범벅 눈물범벅이 되곤 했습니다. 무척 힘들었는지 웬만하면 투정을 부리지 않는 해나도 하기 싫어서 울상이었는데, 그래도 열심히 따라주었습니다.

정말 걸을 수 있게 될까, 반신반의하며 지켜봤는데, 혼자서 앉을 수 있게 되더니 침대 난간을 잡고 서게 되었습니다. 그리고 한 발 한 발 조심스레 옮기더니, 어느새 침대 위를 종횡무진 누비고 다닐 수준에 올랐습니다. 어느 날은 면회를 가보니 이마에 시퍼런 멍이 들어 있었습니다. 침대 위에서 혼자 뛰어놀다가 바닥으로 떨어졌다고 했습니다. 속상한 마음이 컸지만, 한편으로는 해나도 여느 호기심 많은 또래와 다를 게 없는 개구쟁이구나, 라는 생각에 알 수 없는 안도감이 들기도 했습니다.

무엇이든 씩씩하게 잘 해내는 해나지만 침대가 아닌 땅바닥에서 혼자 걷는 일은 좀처럼 엄두가 나지 않았는지, 누가 손을 잡아주지 않고 스스로의 힘으로 걷는 데는 30개월이 걸렸습니다. 닭똥 같은 눈물을 뚝뚝 흘리며 하기 싫다고 손사래를 치면서도, 걷는 연습을 멈추지는 않았습니다.

갸우뚱, 잠시 중심을 잃고 휘청했던 해나가 곧 두 발로 섭니다. 그리고 한 발, 한 발, 조심스럽게 걸음을 옮깁니다. 한 걸음, 두 걸음, 세 걸음…… 그렇게 제 힘으로 걸어와서 혹시나 넘어지진 않을지 노심초사 바라보던 제 품에 와락, 안깁니다. 스스로도 대견한지, 얼굴에 뿌듯함이 피어오릅니다.

그런 해나가 자랑스럽고 고마워서 더욱 세게 안아줍니다. 그런 엄마의 등을 해나가 토닥토닥 두드려줍니다. 아이를 재울 때 등을 두드려주던 걸 떠올려낸 모양입니다. 도대체 이 아이가 보여줄 기적은 어디까지일지, 이 아이가 건넬 선물은 또 무엇이 있을지, 이제는 해나의 모든 것이 기대되고 궁금해집니다.

아이는 엄마의 꿈을 먹고 자라는가봅니다. 제가 꿈꾸는 해나의 내일이 뚜렷해질수록, 해나가 더 많은 것들을 보여주기 시

작했습니다. 이제는 해나가 말을 시작했습니다. 물론 우리는 들을 수 없었습니다. 기도가 없는 해나는 소리를 낼 수 없으니까요. 그럼에도 들을 수 있었습니다.

‘아빠, 엄마.’

해나의 표정이, 해나의 입 모양이 우리를 부르고 있었습니다. 비록 고갯짓이지만 저의 질문에 긍정과 부정의 표현도 확실해졌습니다. 소리만 내지 못할 뿐, 해나는 말을 알아듣고 또 자신의 의사를 정확하게 표현했습니다. 해나는 배고프면 손가락으로 배를 가리키고, 소변이나 대변이 마려우면 자신의 기저귀를 가리켰습니다. 눈이나 손, 그리고 행동으로 의사소통을 하고 있는 것입니다. 이제 해나는 ‘말 없는 말’로 얼마나 많은 수다를 떠는지 모릅니다.

“해나야, 아빠가 어깨 아프대.”

‘그래?’ (해나가 눈을 동그랗게 뜨며 아빠를 쳐다봅니다.)

“해나야, 엄마는 다리 아파.”

‘아빠, 먼저 하고.’ (해나가 한쪽 손바닥을 펴서 좌우로 흔듭니다.)

인공기도 이식수술이 성공한다고 해도, 해나가 말을 할 수 있을지는 모릅니다. 아직 성대가 있는지 없는지, 확인이 되지 않았기 때문입니다. 처음에 수술을 해도 말을 못 할 수 있다는 이야기를 들었을 때는 솔직히 실망이 컸습니다.

'대나가 이렇게 말을 해도 키우기 어려운데, 말 못 하는 애를 어떻게 키우지.'

그런데 해나 아빠는 생각이 달랐습니다.

"해나가 말을 못 하면 좀 어때? 우리가 수화를 배워서 같이 이야기하면 되잖아. 지금 해나한테 가장 중요한 건 무엇보다 숨쉬는 일인데, 튜브를 빼고 입으로 먹을 수만 있어도 축복이고 기적인 거야."

아차, 싶었습니다. 하나가 이뤄질 것 같으니 어느덧 둘을 바라고 있다는 사실을 깨달았기 때문입니다. 그러고 나자 해나의 이야기가 더욱 잘 들리기 시작했습니다. 귀가 아닌 마음으로 들으려고 노력했기 때문인 것 같습니다. 이렇게 계속 마음으로 듣다보면, 해나가 말할 수 없어도 문제없을 것 같다는 생각이 들었습니다. 자신만의 방식으로 세상에 자신의 이야기를 들려주기 시작한 해나. 다른 사람들과는 조금 달라도, 조금 부족해도, 조금 모자라도, 누구나 자신의 삶을 아름답게 가꿀 수 있다는 사실을 온몸으로 보여주는 해나의 모습에 저는 또 한번 감격하고 말았습니다.

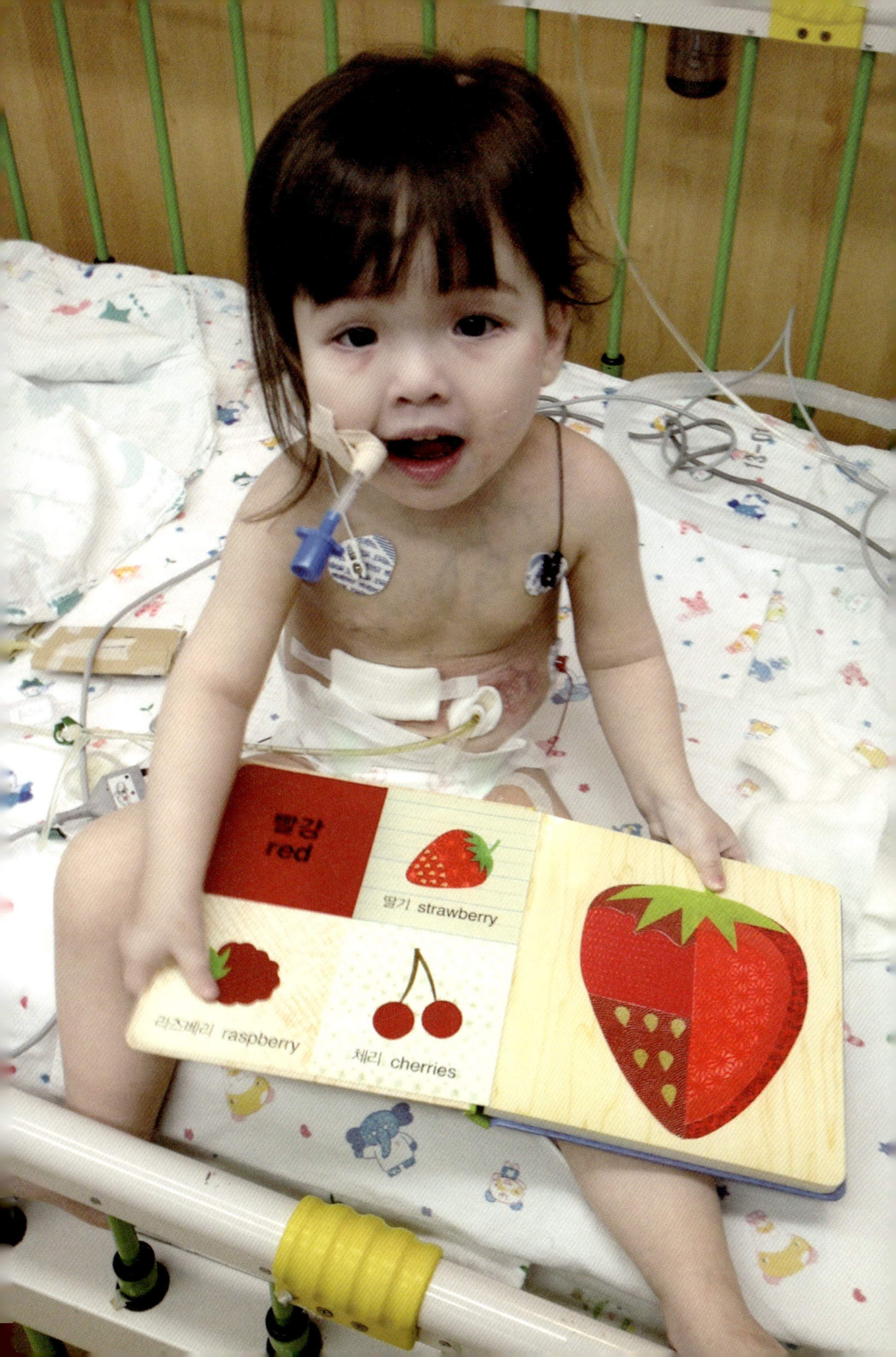

빨강
red
딸기 strawberry
라즈베리 raspberry
체리 cherries

소리만 내지 못할 뿐 해나는 분명 말하고 있다.
"아빠, 그거 알아?"

"해나는 아빠랑 노는 게 젤 좋아!"

사랑을 받을 줄 아는 아이

원래 병원생활을 오래한 아이들은 특유의 우울함이 보인다고 합니다. 투병생활로 지친 탓인지 활기도 없고, 어떤 일에도 잘 웃지 않는다고요. 알 것 같습니다. 저처럼 다 큰 어른도 몸이 안 좋으면 괜히 기분까지 처지고 짜증이 나는데, 어린아이들은 오죽할까요. 온 동네를 제 집처럼 뛰어다녀도 모자랄 판에 갑갑한 병실 안에 갇혀 생활하려면 얼마나 속이 상할지, 생각만으로도 안타깝고 안쓰럽습니다. 그런데 무슨 일일까요. 지금껏 병원 밖을 한 번도 나가본 적 없는 해나는 이상하게도 참 밝습니다. 늘 활기차고 건강합니다. 소리도 나지 않는 웃음을 어찌나 터뜨려대는지, 이러다 튜브가 빠지진 않을까 걱정하는 엄마 마음도 모르고 연신 웃어댑니다.

물론 해나 역시 통증이 심할 때는 울기도 하고 아프다며 보채기도 합니다. 그리고 엄마 속을 단단히 썩이는 문제는 양치입니다. 튜브를 교체할 때마다 아픈 경험이 있어서인지 입에 뭔가가 들어오는 것을 굉장히 싫어하고 경계합니다. 칫솔만 들면 손사래를 치며 울어대는 통에 돌까지는 거의 양치를 시키지 못했습니다. 하지만 이러다 이가 썩으면 나중에 입으로 음식을 먹을 수 있게 됐을 때 고생할 수도 있는 일. 어떻게든 양치를 시키려는 저와 어떻게든 피하려는 해나 사이의 신경전이 몇번째인지 모르겠습니다.

"해나, 양치해야지~"

'싫어.' (해나가 고개를 도리도리 저으며 거부합니다.)

"그럼 나중에 이 아야 해. 자, 아~ 하자."

'싫다니까!' (해나가 칫솔을 바닥에 던져버립니다.)

'싫다고!' (이번에는 저를 발로 미는 시늉까지 합니다.)

엄마 말도 듣지 않고 심술을 부리는 아이의 모습에 화가 나야 하는데 기분이 좋아집니다. 해나도 결국 아이구나, 라는 생각이 들어서입니다. 어린아이답지 않게 늘 착하기만 한 해나가 병 때문에 너무 일찍 철이 든 것 같아 안쓰러웠는데, 간혹 보여주는 이런 반항 아닌 반항을 보면 반가울 따름입니다. 더욱이 심술이 오래가지도 않습니다. 엄마 말을 듣지 않은 것이 미안했는지, 해나가 금세 제 얼굴을 쓰다듬습니다.

"엄마 여기 아야, 아야 했어. 미안해? 그럼 뽀뽀."

볼에 쪽, 뽀뽀를 해주고 쑥스러운지 배시시 웃는 해나. 금방 건강하고 착한 해나의 모습으로 복귀한 것입니다. 생각할수록 놀라운 일입니다. 우리는 단 1분만 숨을 참아도 죽을 것같이 힘든데 태생적으로 숨을 쉴 수 없는 아이가, 그 고통에 굴하지 않고 어쩌면 이렇게 밝을 수 있을까요.

신생아 중환자실에서 해나는 '애교'를 담당하고 있습니다.

상태를 체크하는 의사선생님의 볼에 기습뽀뽀를 날리기도 하고, 주사를 놓는 간호사선생님에게 함박웃음을 지어 보입니다. 걷기 시작한 이후로 해나는 더욱 장난꾸러기가 됐습니다. 침대에서 일어서서는 앙증맞은 춤을 추기도 합니다. 장난기 가득한 표정으로 보는 사람의 웃음을 자아내기도 합니다.

투병생활중에도 미소를 잃지 않는 씩씩함이 대견하고 기특하면서도, 가끔은 마음이 시려올 때도 있습니다. 어쩌면 해나는 본능적으로 사랑받는 법을 터득한 것은 아닐까 하는 생각 때문입니다. 아주 갓난아기 때 부모로부터 외면받았던 짧은 시간 동안, 그 외로운 사투 속에서 아이는 갓 태어나 눈도 뜨지 못하는 강아지가 본능적으로 어미의 젖을 빨 듯, 어른들의 사랑을 받기 위해 스스로 방법을 찾은 것은 아닐까요.

해나는 자신이 어떻게 해야 예쁨을 받는다는 걸 터득한 것 같다는 생각도 듭니다. 그런 생각이 드는 날이면 해나의 애교에 웃음 대신 눈물로 화답해버리곤 합니다. 그럼 해나는 또 그 환한 웃음을 지으며 엄마의 눈물을 가만히 닦아줍니다.

해나와 함께 신생아 중환자실에 입원했던 한 아이의 할머니와 이야기를 나눈 적이 있습니다. 3개월 동안 손주를 간호하면서 해나의 생활을 눈여겨보셨다고 합니다.

“해나 엄마, 해나한테 무슨 일이 생기면 간호사랑 의사선생님들이 벌떼처럼 몰려와요. ‘해나, 괜찮아? 해나, 괜찮아?’ 하면서. 걱정 마요. 해나는 여기서도 참 행복해 보여.”

“그래도, 제 마음은 또 그렇게 편치만은 않아요.”

“해나가 행복하잖아. 해나가 행복하면 그걸로 된 거야.”

그 말이 참 많은 위로가 됐습니다. 아이가 사랑받기 위해 웃는 것이든 진짜 행복해서 웃는 것이든, 어쨌든 웃을 수 있다면 그걸로 된 거라는 생각이 들었기 때문입니다.

누구나 한 번 보면 사랑에 빠지게 만드는 마력의 소유자이지만, 모두가 해나를 예쁘게 본 것은 분명 아닙니다. 미움을 받은 것은 아니지만, 미움만큼 견딜 수 없는 것이 동정이었습니다. 해나를 처음 본 사람들의 반응은 비슷했습니다.

“아이고, 어떡해. 어쩌다 저렇게 됐어? 불쌍해라, 쯧쯧.”

어린아이가 입에 튜브를 꽂고 있는 모습이 안쓰럽고 안타까워서 하는 이야기였겠지만, 저에게는 한마디 한마디가 비수가 돼 심장을 찔렀습니다. 제게는 한없이 소중한 제 딸이 사람들의 동정 어린 시선을 받는 것이 견디기 힘들었습니다. 때로는 이런 말씀을 하시는 분도 있었습니다.

"아우, 임신했을 때 뭐 잘못 먹은 거 아니에요?"

악의 없는 말들이겠지만, 상처로 박히는 건 어쩔 수 없는 일이었습니다. 그때부터 해나에게 절대 '불쌍하다'는 표현을 쓰지 않았습니다. 남들에게 걱정을 살 만큼 아픈 몸으로도 잘 살고 있으니, 해나는 '불쌍한 아이'가 아니라 '축복받은 아이' '특별한 아이'라고 믿었습니다. 누구나 쉽게 할 수 없는 경험으로 더 강해지고 더 단단해진 아이, 죽음이 목전에 다가온 순간도 이겨낸 특별한 아이…… 해나는 아프게 태어난 불쌍한 아이가 아니라 아픔을 이겨내는 특별한 아이라고요.

해나는 사랑을 받을 줄 아는 특별한 아이입니다. 그건 해나가 누구라도 한 번 보면 반할 만큼 예쁜 외모를 지녀서가 아닙니다. 누구에게라도 웃어줄 줄 아는 예쁜 마음씨 덕분입니다. 어떤 상황에서도 웃을 줄 아는 밝은 성격 덕분입니다. 아픔을 견디고 눈물을 참을 줄 아는 강한 아이인 덕분입니다.

어쩌면 해나가 그 아픈 몸에도 불구하고 이 세상에 태어난 건, 이렇게 많은 사랑을 받기 위해서인지도 모르겠습니다.

이런저런 힘든 시간을 넘기고 나니 저절로 깨달은 사실이 있습니다. '마음먹기에 달렸다'는 것입니다. 괴로운 현실은 결코 변화시킬 수 없다는 것, 하지만 내 마음은 그 현실을 힘들지 않게 만드는 열쇠라는 것입니다. 정말 어렵고 힘든 상황이라도 희망이 보인다면, 그 희망을 믿고 긍정의 마음을 가져본다면 분명 헤쳐나갈 수 있는 길이 보일 겁니다. 말하긴 쉽지만 실천하기는 어려운 이 진리를 터득하기까지, 저도 수없이 많은 좌절과 시행착오를 겪었지만 '해나'라는 희망과 '해나니까'라는 믿음, 그리고 가족이라는 긍정의 힘으로 긴 길을 걸어올 수 있었던 것 같습니다.

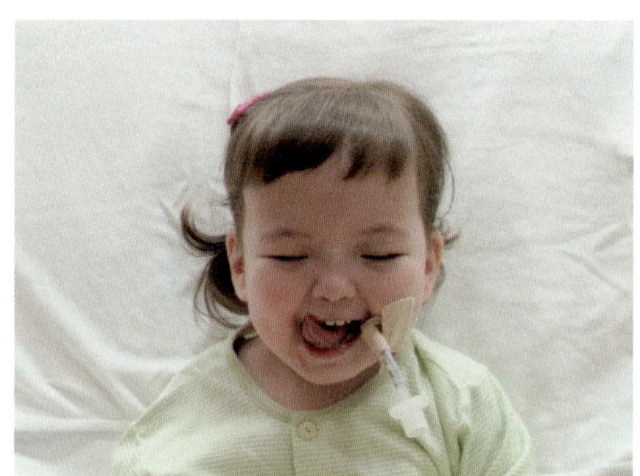

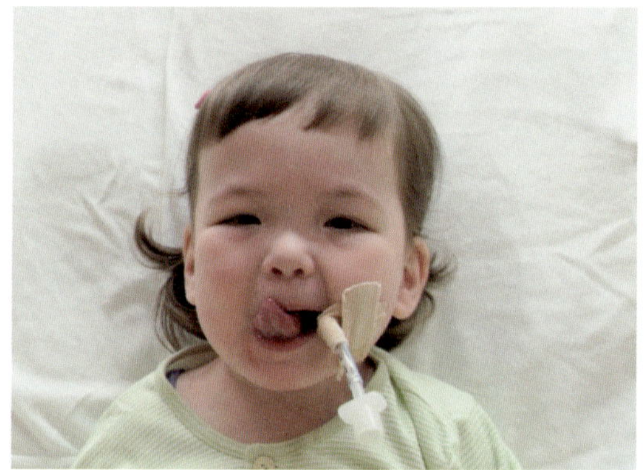

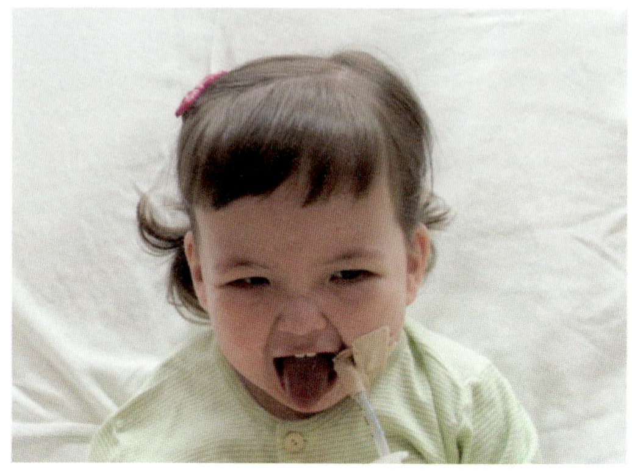

해나의 애교 3종 세트.

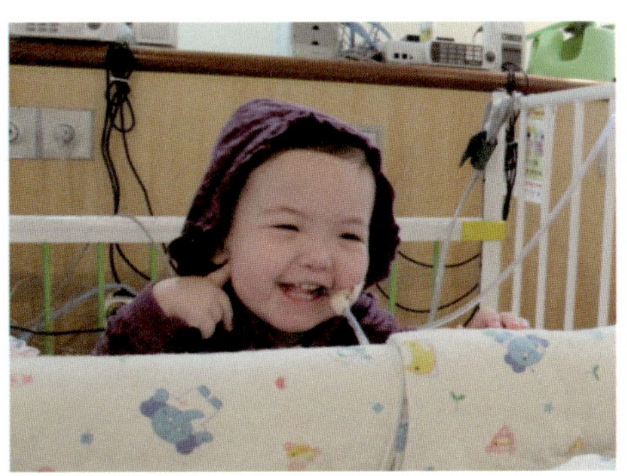

볼에 손가락을 가져다 대는 건
누구에게 배웠을까.

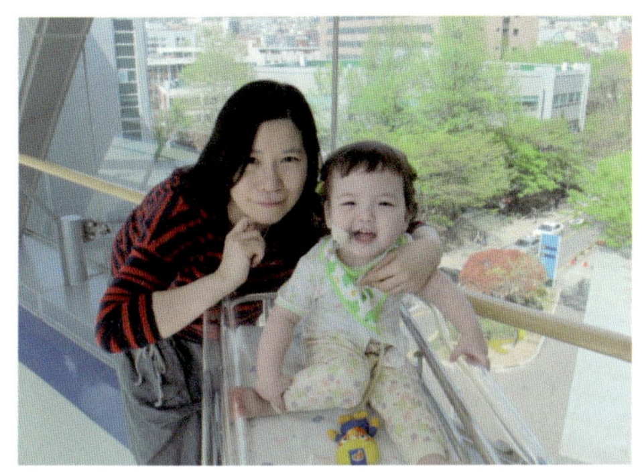

어떤 아이가 그렇지 않을까 싶지만,
해나는 정말 천사처럼 웃는다.

어느 날은 해나가 침대에 서서
발레 비슷한 춤을 선보였다.

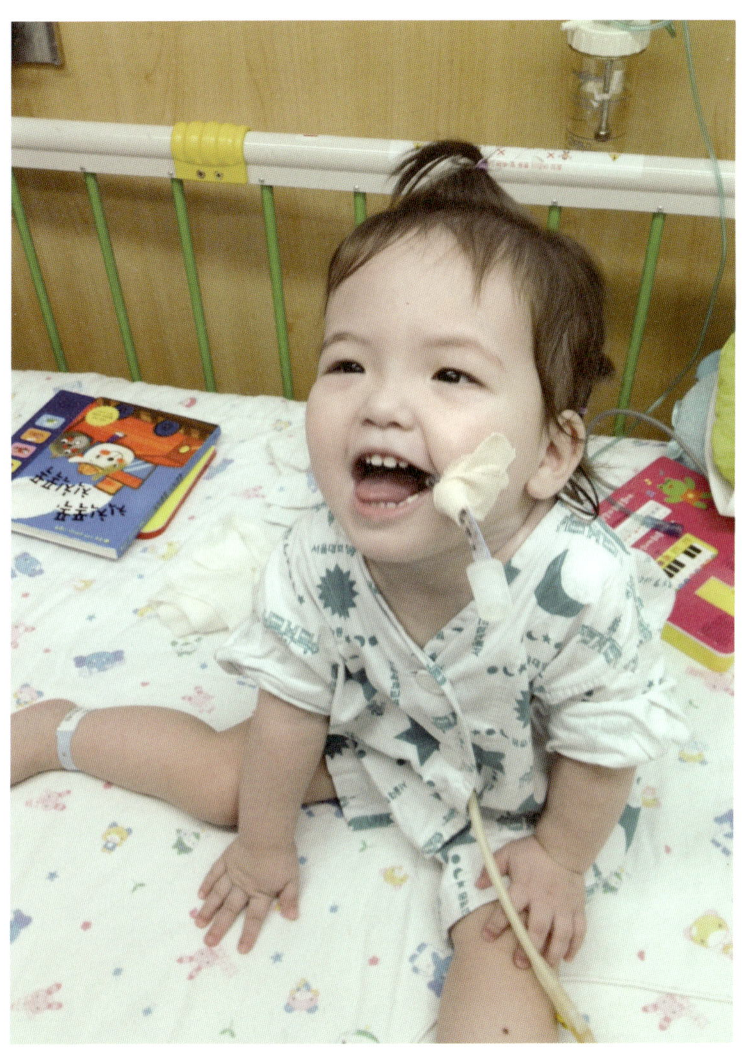

· · ·

아파서 불쌍한 아이가 아니라
아픈데도 웃을 줄 아는 특별한 아이 해나.

해나만의 작별인사

　해나가 한 번도 와보지 못한 우리 집. 아침부터 외출 준비로 부산스럽습니다. 대나가 직접 해나에게 가져다줄 옷을 챙깁니다. 오랜만에 동생을 만날 생각에 대나도 들뜬 모양입니다.

　"해나, 언제 봤지? 대나? 기억나?"

　"기억 안 나. 해나, 진짜 집에 빨리 오면 좋겠다고!"

　병원에 자주 데려갈 수 없는 탓에 둘은 몇 번 만나보지도 못했습니다. 이번엔 크리스마스를 맞아 모처럼 대나와 함께 해나를 만나러 가기로 한 것입니다. 어디 놀러가는 것도 아닌데, 대나가 신이 났습니다. 사실 하루걸러 병원에 다니느라 대나와도 여행 한 번 가지 못했습니다. 대나를 위해서도 해나에게 또다시 기적이 필요합니다.

집에서 병원까지는 한 시간 반 거리. 병원에 들어서자 걸음이 바빠집니다. 대나가 앞장서 중환자실로 들어갑니다. 그런데 막상 해나를 보자 선뜻 다가서지 못합니다. 자주 못 보는 동생이라 어색한 모양입니다. 해나 역시 언니가 낯선지 눈가에 눈물이 그렁거립니다.

"해나, 울지 마. 괜찮아 괜찮아…… 엄마랑 안 울기로 약속했잖아."

처음 대나를 만났을 때도 해나는 눈물을 흘렸습니다. 태어난 지 1년이 넘어 처음 만난 언니가 낯설었는지 보자마자 울음을 터뜨리더니 저희가 병실을 떠날 때까지 울기만 했습니다. 자매이지만 함께할 수 없는 아이들, 언니를 보고 우는 해나를 보며 정말 마음이 씁쓸하고 먹먹했습니다. 가족이 가족이 아닌, 온전치 않은 상황들…… 그냥 제 바람은 울고불고 치고받고 싸우더라도 한 공간에 두 아이가 함께하는 모습을 보는 것, 그런 평범한 일상을 가지는 것인데…… 다른 사람에겐 지극히 평범한 일상이 우리 가족에겐 희미하고 멀게만 느껴지는 신기루 같은 것이라 속상하고 억울한 마음도 들었습니다.

하지만 해나도 대나가 언니라는 사실을 알았는지, 두번째 만남부터는 금방 친근감을 표시했습니다. 그런데 오늘은 왜 또 모르는 사람을 본 양 서먹해하는 걸까요. 이럴 때 필요한 게 선물. 대나가 가져온 선물 모두를 꺼내 해나에게 건넵니다.

"언니가 선물 되게 많이 가져왔네~ 해나 좋겠다. 언니랑 같이 뜯어볼까? 우리 선물 뜯을까?"

작전 성공! 선물에 정신이 팔려 어느새 눈물이 멈춥니다. 해나의 미소에 덩달아 대나의 기분도 좋아진 모양입니다.

"아, 귀여워."

"대나, 해나 귀엽니?"

"응! 오랜만에 해나 보니까 좋다."

이렇게 넷이서 함께 지낼 수만 있다면…… 남편도 이 순간을 놓치지 않습니다. 캠코더에 우리의 모습을 담고 있습니다. 캐나다에 있는 시부모님과 다른 가족들을 위한 비디오입니다. 그들은 비디오를 볼 때마다 해나를 보고 놀라워합니다. 해나가 이렇게 많이 컸다는 사실에 놀라고, 1년에 고작 한두 번 만나는 대나와 해나가 잘 어울려 노는 모습에 또 놀랍니다.

♡

연례행사처럼 치러지는 가족의 만남은 1분 1초가 소중하기만 한데, 시간은 늘 쏜살같이 지나갑니다. 어느덧 가야 할 시간이 다가왔습니다. 해나 역시 눈치를 챘는지, 자신만의 작별인사를 준비합니다.

"굿 잡! 해나, 지퍼의 달인입니다."

대나의 점퍼 지퍼를 올려준 해나가 제게 손짓을 합니다. 목을 들라는 신호입니다. 울고 떼를 쓰는 법은 없습니다. 언제부터인가 가족들의 지퍼를 올려주면 그게 헤어지는 인사입니다. 이렇게 웃으며 보내주지 않는다면 날마다 어떻게 발길을 돌렸을까요. 아쉬움에 눈물을 훔치는 우리에게 밝은 표정으로 손을 흔드는 해나를 보면, 가끔 누가 어른이고 누가 아이인지 헷갈리기도 합니다.

어쩌면 해나는 알고 있는지도 모르겠습니다. 자신이 슬퍼하면 우리가 더욱 슬퍼할 거라는 사실을요. 자신이 보내주지 않으려고 떼를 쓰면 우리가 더욱 힘들어질 거라는 사실을요. 누구도 말해준 적 없지만, 해나는 알아차린 모양입니다. 그래서 그렇게 환한 얼굴로 우리를 기꺼이 보내주는 것 같습니다. 해나 역시 헤어짐이 아쉽지만, 꾹 참고 있는 건지도요.

하지만 이날은 오랜만에 언니를 만나서인지 해나가 아쉬움을 감추지 못했습니다. 떠나는 우리의 뒷모습에서 눈을 떼지 못하는 해나. 언제쯤 슬픈 작별을 하지 않아도 될 날이 올까요. 대나 혼자 사용하는 이층침대에 해나가 누울 수 있는 날이 과연 올까요.

나중에 전해들으니 그날 우리가 돌아간 뒤 해나는 무척 아팠다고 합니다. 얼굴이 빨개질 정도로 기침을 심하게 했다고요. 자칫 튜브가 막히거나 빠지면 단 몇 초만 지나도 숨을 쉴 수가 없는데, 그 위험한 순간을 해나는 혼자 이겨내야 했습니다. 간호사가 다급히 석션을 한 후에야 해나는 안정을 찾고 잠이 들었습니다.

이런 순간들이 그동안 수없이 많았습니다. 해나는 기도가 없기 때문에 식도에 튜브를 삽입했습니다. 그런데 식도는 원래 끊임없이 가래를 생성하고, 음식물을 소화하기 위한 기관이기에 계속 점액도 나옵니다. 가래나 점액이 튜브를 막으면 숨을 쉴 수 없기에, 빨리 제거해주지 않으면 바로 일촉즉발의 상황에 놓입니다.

저는 어쩔 수 없이 나쁜 엄마일 수밖에 없습니다. 그 아프고 힘든 시간을 혼자 보내게 할 수밖에 없으니까요. 잘 때마다 엄마 품이 그리울 아이, 더이상은 혼자 잠들고 혼자 아파하지 않도록 해나를 집에 데려올 날을 간절히 바라게 됩니다. 더이상 작별인사를 하지 않아도 될 그날을……

인내심이 많이 바닥나기도 하고 지치기도 하지만, 무엇보다도 해나가 건강히 있어주고 그리고 또 많은 분들이 해나를 위해서 기도도 해주고 사랑도 많이 보내주시니 분명히 잘될 거라고 믿습니다. 미국에서의 수술이 성공하면, 해나도 집에 돌아올 수 있을 거라고…… 존재하지 않는 것만 같았던 희망이 우리 코앞에 다가와 있다고……

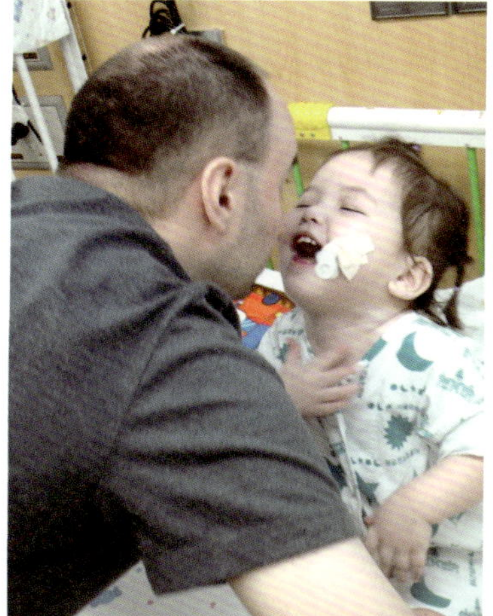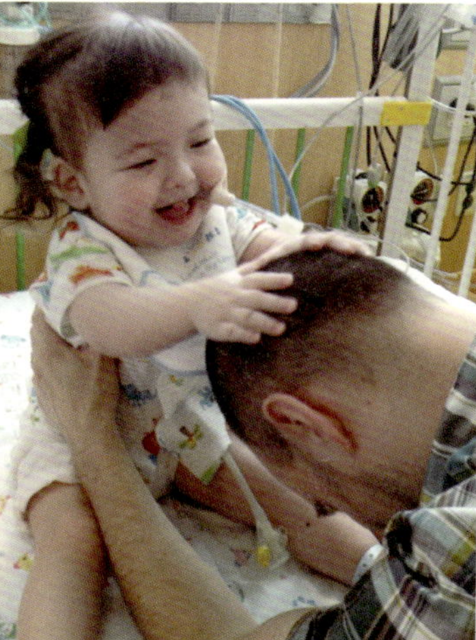

· · ·

아빠와 해나.
부녀지간이라기보단 친구 사이에 가깝다.

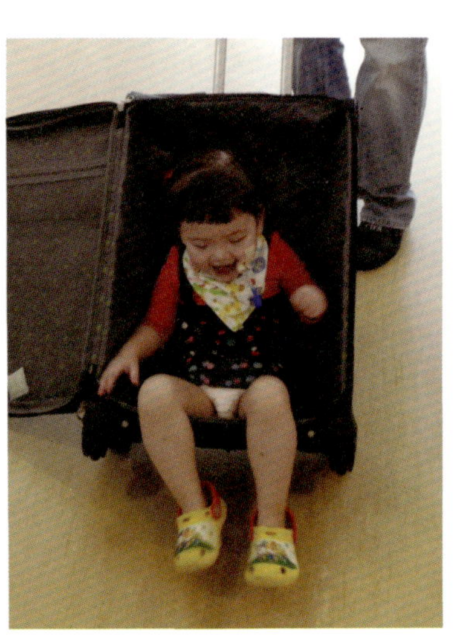

아빠는 병원에만 있는 해나를 위해
각종 놀이를 개발해냈다.

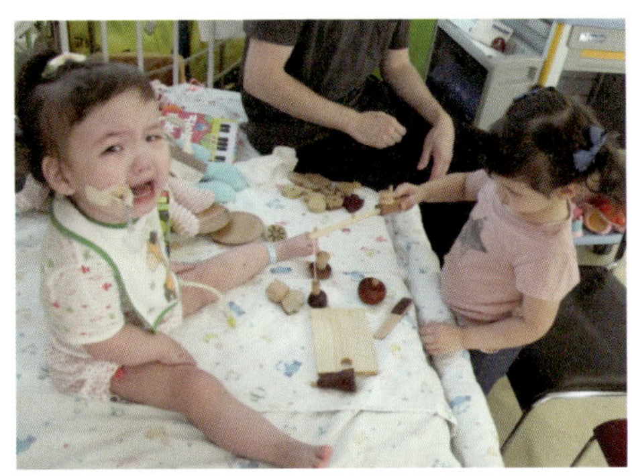

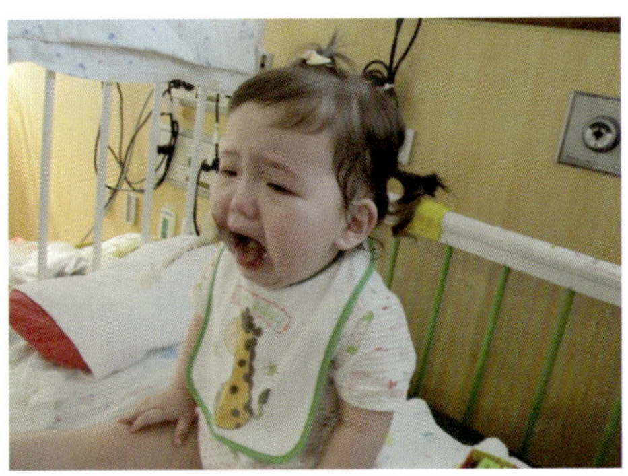

처음 대나를 만났을 때,
해나는 언니가 낯설어 울기만 했다.

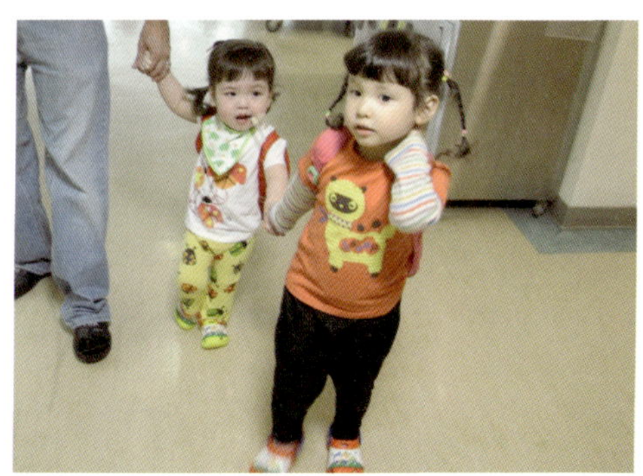

서먹함도 잠시.
자매는 금방 좋은 친구가 됐다.

싸워도 좋고, 울어도 좋으니,
이 아이들이 계속 함께인 모습을 보고 싶다.

대나와 해나,
내 삶의 이유이자 모든 것인 아이들.
. . .

아빠가 해나에게

하이, 해나.

놀랐지? 늘 영어로 이야기하는 아빠가 한글로 편지를 쓰다니 말이야. 아직 영어는 읽지 못하는 해나를 위해 아빠가 한글을 배웠어, 라고 이야기하고 싶지만, 사실은 아빠가 쓴 편지를 다른 분이 한글로 옮겨주신 거란다.

해나, 아빠는 해나에게 참 고마운 일이 많아. 무엇보다 해나 덕분에 아빠는 아주 강하고 씩씩한 사람이 될 수 있었단다. 아, 이 이야기를 읽고 해나가 풉, 웃음을 터뜨릴지도 모르겠다. 아빠가 해나 앞에서 자주 우는 바람에, '울보 아빠'라는 별명까지 얻었으니까 말이야. 인정! 그래도 아빠의 마음은 단단해졌고 힘이 세졌다는 것만은 믿어줘~ 플리즈~

해나도 알고 있지? 아빠는 여기 한국이 아닌 캐나다에서 태어났다는 걸. 아빠의 아빠와 엄마, 그러니까 해나의 할아버지와 할머니도 모두 캐나다에 계시잖아. 그래서 아빠는 가끔 한국이 낯설기도 하고 외로움을 느끼기도 했어. 해나, 네가 태어나기 전까지는 말이야.

하지만 네가 태어나고, 아빠는 강해졌지. 왜냐면 해나를 지켜야 했으니까. 솔직히 고백하면, 네가 태어난 날 아빠는 참 많이 울었어. 평생 흘린 눈물보다 더 많은 눈물을 그날 흘렸단다. 온몸에 수분이 남아 있지 않을 만큼 엄청난 눈물을 흘렸지. 하지만 해나가 아빠를 울지 않게 만들었어. 해나는 아빠보다 훨씬 강하고 씩씩하게 병과 싸우고 있었거든. 해나의 미소를 보며 아빠도 웃을 수 있었단다.

해나, 너는 축복이야.

네가 처음 웃었을 때, 아빠는 희망의 빛을 보았지.

네가 처음 걸었을 때, 아빠는 용기의 씨앗을 얻었어.

네 덕에 아빠는 긍정적인 사람이 됐고,

너를 보며 아빠는 강한 사람이 됐단다.

Thanx, 해나. 태어나줘서 고맙다. 그리고 너는 태어날 이유가 충분했다는 걸 늦게 알아채서 미안……

3장

기적 셋
해나, 사랑과 만나다

캐나다에서는 해나를 위한 모금
운동이 펼쳐졌고, 미국, 스웨덴,
한국의 의료진이 해나의 수술을
위해 뭉쳤다. 오직 해나를 위해!
그것은 사랑이라는 이름의 기적
이었다.

2013년 1월, 해나의 줄기세포 인공기도 이식수술을 위한 프로젝트가 시작된 지 2년이 넘었습니다. 여러 행정상의 문제로 아직 수술 여부가 확정되진 않았지만, 곧 수술을 받을 수 있을 거라는 기대를 안고 하루하루를 보내고 있었습니다. 초조한 기다림의 시간들인 동시에 행복한 상상의 시간들이기도 했습니다.

'해나의 목소리는 과연 어떨까? 새처럼 지저귈까, 구슬처럼

굴러갈까?'

'해나가 난생처음 맛보는 음식으로는 무엇이 좋을까? 김치는 매워서 싫어할까, 달콤한 아이스크림은 분명 좋아하겠지?'

수술의 위험성에 대한 걱정도 있었지만, 그보다는 희망과 기대가 훨씬 컸습니다. 아무리 어려운 수술이라도, 그보다 숱한 어려움을 이겨낸 해나니까, 해나를 믿으니까 염려하지 않기로 했습니다.

그런데 며칠 후, 갑자기 해나가 아팠습니다. 통증이 심해 놀랐는지 소리도 나지 않는 울음을 터뜨립니다.

"금방 할게, 해나야. 금방 할게."

아이를 달래며 주사를 놓으려는 간호사에게 해나가 하지 말라며 손을 흔듭니다. 격한 거부의 표시에 간호사들이 진땀을 뺍니다. 평소 같으면 투정부리지 않고 씩씩하게 주사를 맞았을 해나인데, 이번에는 통증이 심각한가봅니다. 얼마나 아프기에 해나가 이렇게 힘들어하는 걸까요. 대신 아파줄 수도 없고, 고통을 짐작하기도 어려운 제가 무기력하게만 느껴집니다.

"그럼 이쪽 맞을래? 이쪽에 안 아프게 놓을까?"

간호사가 겨우 해나를 달래어 주사를 놓습니다. 사실 해나는 며칠째 배로도 음식을 공급받지 못했습니다. 식도 속 이물질 양이 많아졌기 때문입니다. 아무래도 상태가 심각한지, 정밀 검사가 시작됐습니다.

검사 결과, 서둘러 수술 결정이 내려졌습니다. 당황해 안절 부절못하는 저희에게 의사선생님이 수술 내용을 설명해주십 니다.

"일단은 우리가 검사한 거에서 이쪽으로 역류하는 게 확인이 됐기 때문에, 이거를 다시 한번 묶어주는 수술을 해야 할 것 같 아요."

위장의 음식이 식도로 넘어오지 않도록 연결 부위를 묶는 수 술을 하려는 것입니다. 2년 전 묶었던 것이 풀린 모양입니다. 참아야 하는데 자꾸 눈물이 납니다. 엄마가 뭐 이럴까요. 번번 이 어린 딸을 수술대에만 올릴 뿐, 어떻게도 해줄 수가 없습니 다. 배로도 먹을 수 없으니 온몸에 주사만 주렁주렁, 안기도 조심스럽습니다. 이제 세 살, 작디작은 내 아가, 이 아이에게 가해진 시련이 언제쯤 끝날까요.

출생 초반의 위기 이후, 이런 모습은 처음입니다. 그동안 크고 작은 고비들을 넘기긴 했지만, 대체적으로 호전 경과만 있었습니다. 이렇게 확 나빠진 적은 없었는데…… 미국 수술이 연기되는 동안, 해나의 기대도 꺾이고 있는 것은 아닌지, 혹시 해나의 마음속 희망의 불씨가 사그라지고 있는 것은 아닌지, 해나 몸의 병보다 마음의 병이 더 걱정스럽습니다. 몸은 아파도 마음만은 누구보다 건강한 해나였는데, 해나 역시 3년 넘은 투병생활에 지쳐버린 건 아닐까요. 약해지려는 마음을 간신히 다잡습니다. 설사 해나가 지쳤다면 저라도 기운을 불어넣어줘야 하니까, 저는 해나의 엄마니까, 마음을 강하게 먹습니다.

다음날 아침, 해나를 데리고 수술실로 향했습니다. 함께 갈 수 있는 곳은 수술실 앞까지. 이제 헤어져 해나 혼자 들어가야 하는 시간입니다. 헤어지기가 싫어서인지, 수술을 받아야 한다는 사실을 알아서인지 해나가 연신 눈물을 흘립니다.

"잘하고 와, 해나야. 괜찮아, 괜찮아."

아무리 어르고 달래도 울음을 멈추지 않습니다.

"해나야, 금방 끝날 거야. 아니야, 아니야, 아픈 거 아니야. 해나야, 괜찮아."

얼마나 무서울까요. 얼마나 겁이 날까요. 이토록 두려움에 떠는 아이에게 저는 '괜찮다'는 말밖에 해줄 것이 없습니다. 결국 고통을 받는 것도, 그 고통을 이겨내는 것도 모두 해나의 몫이기에, 할 수 있는 일이라곤 응원과 격려가 전부입니다.

"조금 참을 수 있지?"

해나가 겨우 눈물을 그치고 고개를 끄덕입니다. 참을 수 있다는 표시입니다. 참겠다는 약속입니다. 간신히 용기를 낸 해나의 모습에 이번엔 아빠가 참지 못하고 울음을 터뜨립니다.

"아빠, 울지 마요, 해줘. 해나 괜찮아요, 울지 마요, 해줘."

수술을 받아야 하는 해나가 거꾸로 아빠를 위로합니다. 도움을 주지는 못할망정 오히려 도움을 받는 우리는 참 못난 부모입니다. 이 못난 부모를 믿고 의지하자니 미덥지 않아서 해나는 스스로 강해진 것인지도 모르겠습니다.

해나를 위해 마취제를 투여하고 잠들 때까지 품에 안고 있다가 침대에 눕혔습니다. 울다가 튜브가 빠지기라도 하면 큰일이기 때문입니다. 해나가 수술실로 들어갑니다. 예상시간은 두 시간. 우리에게는 또 기다리는 일이 남았습니다.

해나는 2년 전에도 똑같은 수술을 했습니다. 벌써 같은 부위에 세번째 칼을 대고 있습니다. 식도와 위장의 연결부위를 묶어둔 것이 해나가 성장하면서 자꾸 풀어지기 때문입니다. 기도 이식을 하고 식도의 튜브를 빼지 않는 한, 언제 또다시 반복할지 모르는 수술. 다람쥐 쳇바퀴 돌 듯 시간은 하염없이 반복됩니다.

해나가 수술을 마치고 중환자실로 돌아왔습니다.

"아프지? 얼마나 아팠을까?"

말해 뭐할까요. 당연히 아팠을 것을…… 저로서는 상상도 못할 고통이었을 것을…… 마취가 깨고 비로소 통증이 몰려올 시간. 해나가 얼굴을 찡그리며 괴로워합니다. 이럴 땐 신음소리라도 낼 수 있으면 좋겠습니다. 나오지 못하는 신음이 목에 걸려 아이를 더욱 힘들게 하는 것만 같습니다.

"해나야, 우리 해나, 너무 잘했어. 다 했어. 괜찮지?"

"충분히 잘하고 있어. 아빠가 사랑하는 거 알지?"

간신히 손을 움직이는 해나. 통증이 역력한 모습에 눈물이 터집니다. 하지만 울 수 없습니다. 울면 안 됩니다. 울음이 터져나와도 꾹 참아야 합니다. 뭐라고 해나보다 더 크게 울까요. 해나는 소리조차 내지 못하고 울고 있는데요. 저는 울 자격도 없는 엄마입니다. 웬만한 통증은 잘 참아내는 해나인데, 이번엔 좀처럼 참기 힘든 모양입니다. 제가 해줄 수 있는 거라곤 간호사에게 해나를 대신해 묻는 것뿐입니다.

"진통제 안 맞나요? 없어요?"

"고통이 높고 하면, 저희가 통증척도가 있거든요. 그거에 따라서 진통제를 더 주시거나 하실 거예요."

"통증척도는 어떻게 알 수 있어요?"

"아이가 얼마나 우는지, 아파하는지 그거에 따라서……"

가슴이 무너집니다. 소리내어 울 수 없는 해나는 자신이 받는 고통조차 제대로 전달하지 못하는 것입니다. 울지 못하는 해나에게 저도 마냥 참으라고만 했습니다. 소리가 나지 않으니 아이가 아무리 울어도 그 통증이 어느 정도인지 짐작할 수 없었습니다.

해나가 한참을 아파한 후에 비로소 진통제 처방이 내려졌

"엄마가 미안해, 미안해, 해나야."

진통제를 맞고서야 해나가 겨우 잠이 들었습니다. 한 대로는 통증이 잡히지 않아 양손에 나눠 놓았습니다. 아직도 아픈 것일까요. 잠든 눈에 눈물이 보입니다. 건강하게 낳아줬으면 안 겪어도 되는 일들인데, 미안하기만 합니다.

다행히 수술 경과는 좋았고, 해나는 빠르게 건강을 회복했습니다. 의사와 간호사 들도 마음이 놓였는지 한동안 어두웠던 표정이 한결 밝아졌습니다. 이제 미국에서 수술 승인만 떨어지면, 이 지긋지긋한 굴레를 벗어날 수 있을 것입니다. 이 모든 사람들의 마음이 해나를 응원하고 있으니, 곧 좋은 소식이 올 거라고 믿었습니다.

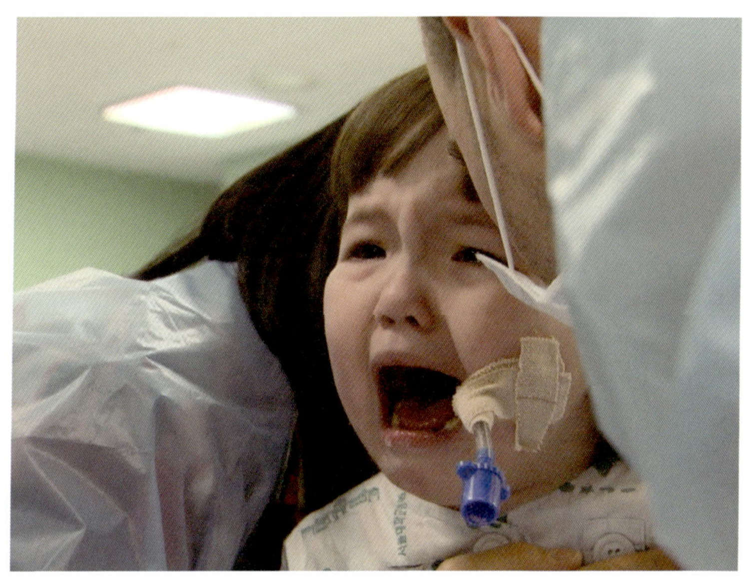

2년 만에 다시 받는 수술.
해나가 울음을 터뜨렸다.

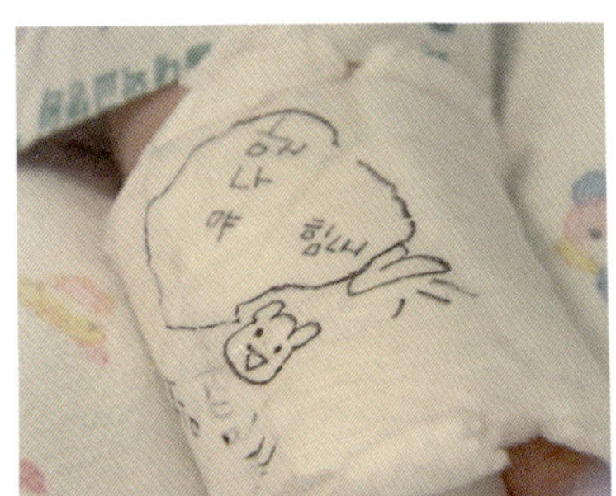
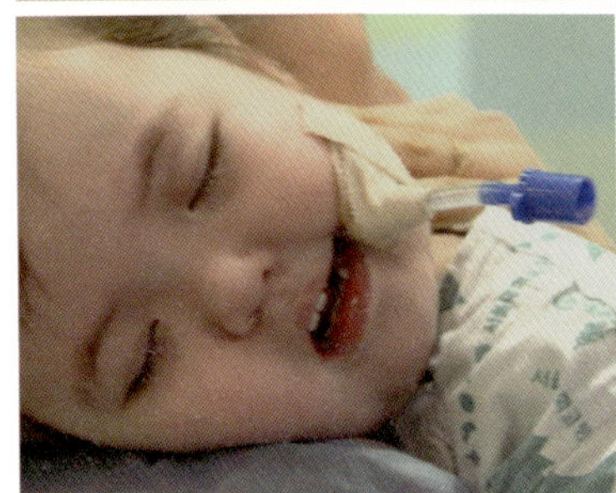
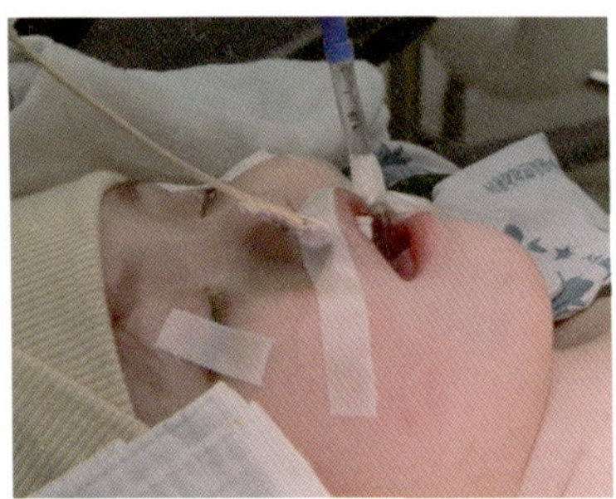

우리가 해줄 수 있는 건 응원뿐.
수술을 견디는 건 해나의 몫이었다.

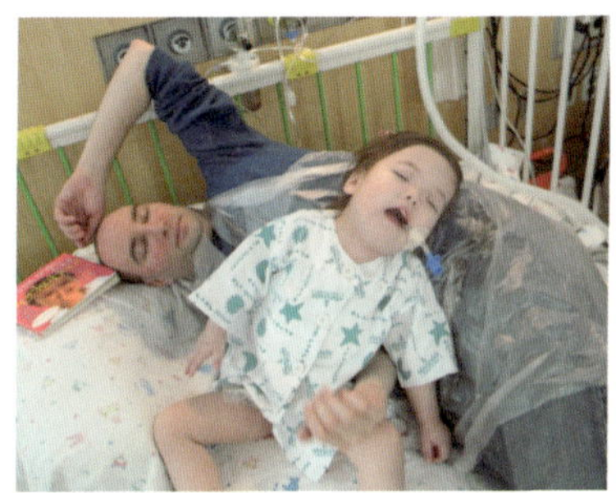
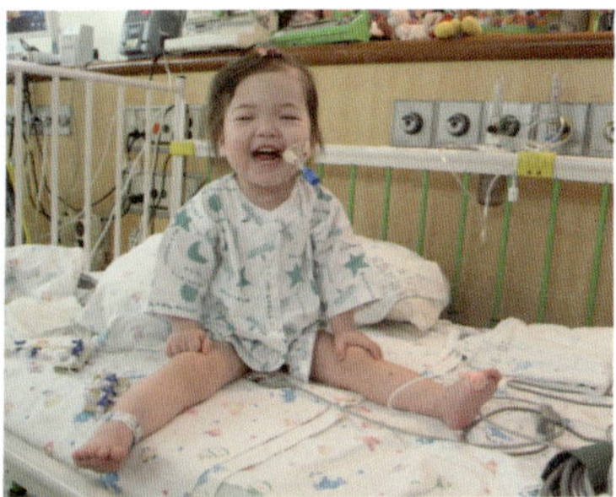
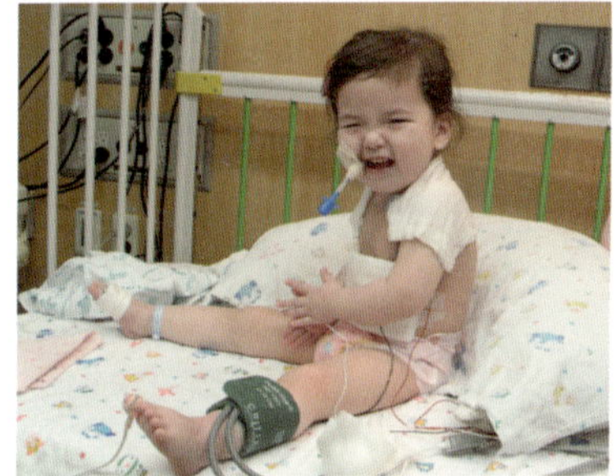

고비의 순간도
늘 씩씩하게 견대냈던 해나니까
믿고 기다리는 수밖에.

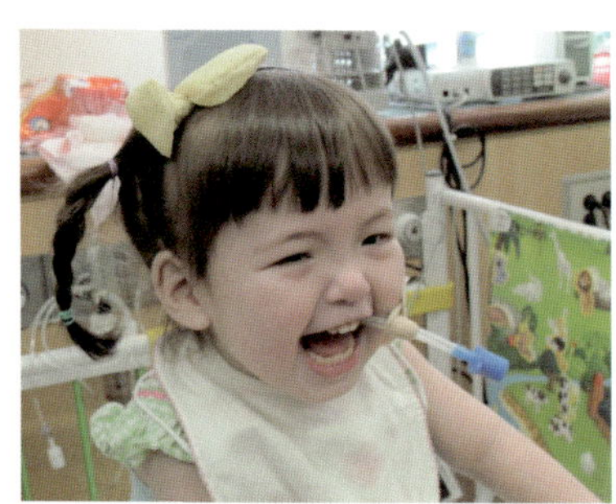

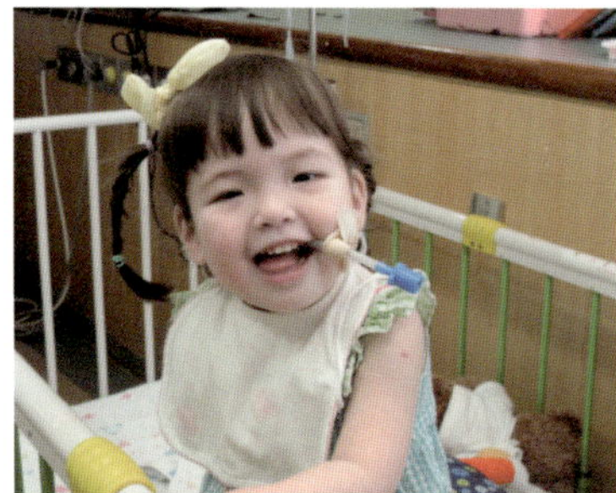

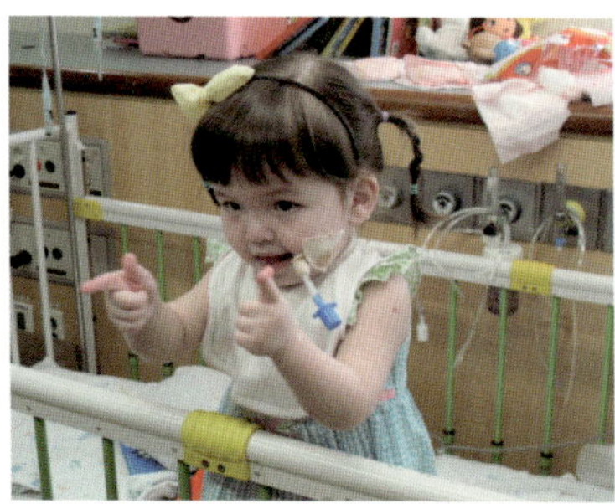

튜브가 꽂혀 있어도 예쁘지만
어서 빨리 수술을 받아
튜브 없는 얼굴을 갖게 해주고 싶다.

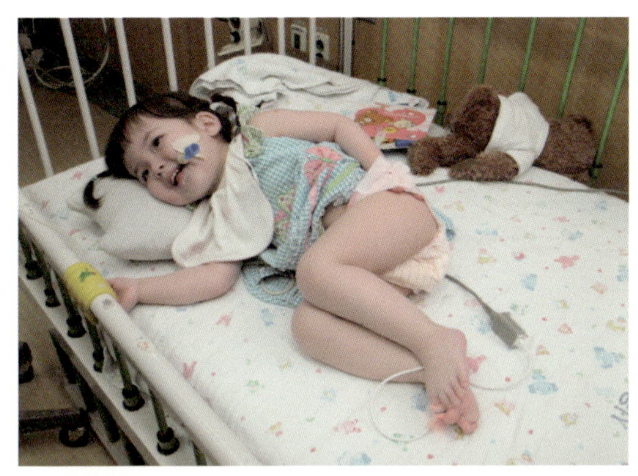

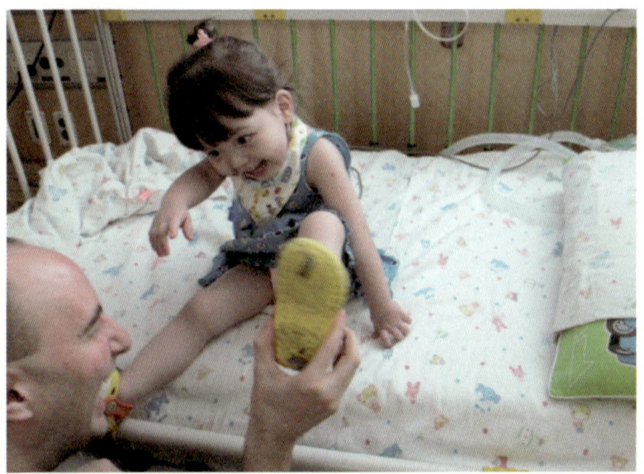

병원이 아닌 다른 곳에서도
생활하는 날을 기다렸다.

우리가 한국에서 미국의 연락을 기다리며 기적을 꿈꾸는 동안, 해나의 기적을 간절히 바라는 사람들은 캐나다 동쪽 끝, 뉴펀들랜드에도 있었습니다.

이곳은 남편 대럴의 고향. 대럴은 대학에서 교육학을 전공하고 2002년 한국으로 와 영어를 가르쳤습니다. 우리가 5년의 만남 끝에 결혼을 하고 서울에 정착하기로 했을 때, 시부모님은 아들과 떨어져 살아야 한다는 아쉬움을 뒤로하고 흔쾌히 허락해주셨습니다. 1년에 한 번은 꼭 찾아가겠다고 약속했었지만, 해나를 낳고는 한 번도 뵙지 못했습니다.

〈휴먼다큐 사랑〉 촬영팀이 그들을 찾아갔을 때, 시부모님은 거실에 앉아 해나의 동영상을 보며 대화를 나누고 있었습니다.

"아가야, 안녕…… 할머니는 너를 사랑한단다."

"무척 행복하고 좋아 보이네. 그치? 봐, 또 춤추잖아. 너무 귀엽다."

남편은 해나의 아픈 모습을 보내드린 적이 없습니다. 늘 밝고 건강한 장면만 담았습니다. 어머니가 받으실 충격이 걱정됐기 때문입니다. 어머니는 처음 해나의 소식을 듣고는 건강을 염려해야 할 정도로 절망하시기도 했습니다.

어머니가 다시 활기를 찾으신 건 해나가 인공기도 이식을 할 수 있다는 희망 때문입니다. 처음 소식을 전해드렸을 때, 어머니는 진심으로 행복해하셨습니다. 그리고 바로 행동에 나섰습니다. 사실 처음 미국 병원에서 해나 수술을 결정했을 당시에는 수술비가 전액 무료로 책정되진 않았습니다. 미국이 워낙 의료비가 비싸서 얼마나 들지 모르는 병원비가 걱정이었고, 더욱이 이미 서울대병원 중환자실에서 3년을 보낸 터라 우리 힘만으로는 해나의 병원비를 감당하기 어려운 처지였습니다. 그래서 어머니는 모금운동을 벌이기로 하신 것입니다. (다행히 수술을 불과 몇 달 앞두고, 병원 측에서 무료로 수술을 해주겠다는 연락이 왔습니다. 2년의 기다림은 마치 고문과도 같이 몸과 마음을 지치게 만들었지만, 해나에게 최상의 기도를 선물해주었고 또 무료 수술이라는 큰 결정을 가져오게도 했네요.)

처음에는 지인들을 중심으로 모금이 시작됐습니다. 캐나다에 있는 해나 아빠의 가족과 친구들은 시내에 있는 여러 회사를 찾아가 해나의 이야기를 들려줬고, 해나를 위해 모금을 하고 있다고 설명했습니다. 그리고 인터넷 경매에 올릴 수 있는 상품이나 선물을 기부해달라고 부탁했습니다. 그로 인해 40여 개의 물품을 경매할 수 있었는데, 골프채, 명화 등이 포함돼 있었다고 합니다. 치과에서는 스케일링 1회 이용권을, 침구회사에서는 침구세트를 선뜻 기부했습니다. 작은 정성과 작은 마음들이 그렇게 하나둘씩 모인 것입니다.

오직, 해나를 위해서.

어머니가 일하는 회사에서는 동료들이 해나의 소식을 입에서 입으로 전파했습니다. 그중 퀼트를 만드는 분은 자신이 만든 물건을 팔아서 번 돈을 해나를 위해 써달라고 전해줬습니다. 어머니가 다니는 교회에서도 헌금을 기부했습니다. 친척분이 회사에서 받은 수당 10만 원을 건네기도 했고, 자신이 만든 석조품을 판 수익금을 준 이웃도 있습니다. 단지 자신이 갖고 있던 돈을 준 것이 아니었습니다. 자신의 정성과 노력을 들여 만들어낸 결과물에 대한 수익을 내놓은 것입니다. 그것은 돈이 아니라 정성이었습니다. 남편의 친구는 딸 돌잔치에 선물 대신 해나의 기부금을 받아서 모아 전해줬습니다. 해나는 참 복이 많은 아이라고 느꼈습니다. 해나를 위한 여러 사람의 온기가 더해져 이 아이를 살리겠다는 열기로 이어지고 있었습니다.

하지만 이것은 시작에 불과했습니다. 〈휴먼다큐 사랑〉은 아버님이 오랜 단골 바를 찾는 모습을 담았습니다. 아버님이 자리에 앉자마자 주인은 해나의 안부부터 물었습니다.

"해나는 어때요?"

이곳 사람들은 모두가 해나를 압니다. 단지 아는 정도가 아닙니다. 가게 한쪽 벽에는 해나의 돌 사진이 붙어 있습니다. 해나의 돌 무렵 이곳에서 특별한 행사가 열렸기 때문입니다. 아버님을 통해 해나의 소식을 전해들은 사람들은 모금행사를 열기로 결정했습니다. 그리고 해나의 첫번째 생일 이틀 전인 2011년 8월 20일에 일일주점이 개최됐습니다. 그날 모인 돈만 무려 5000달러가 넘습니다.

단지 일회성의 행사가 아니었습니다. 이후로도 가게에 찾아온 손님에게 해나의 이야기를 지속적으로 알리고 모금을 해왔는데, 그 액수 또한 적지 않습니다. 계산대 옆에 놓인 해나의 사진이 붙은 저금통에는 지금 1193달러가 모였습니다. 이 낡은 통에 모아졌던 건 동전이 아니라 이웃들의 따뜻한 마음이었습니다. 저는 방송을 통해 가게 주인의 얼굴을 처음 봤습니다. 그녀가 말했습니다.

"해나는 제 자식처럼 느껴져요. 해나의 사진을 아주 많이 가지고 있어요. 해나 할아버지가 여기 올 때마다 저희한테 새로운 사진들을 보여주고 새로운 소식을 알려줘요. 그 아이가 다 나아서 다시 돌아올 수 있길 엄청 기다리고 있어요. 다른 손님들도 여기에 와서는 해나의 소식을 물어봐요. 모두가 해나의 소식을 듣고 싶어하고 해나를 보지 않았는데도 많은 사람들이 해나를 이미 알아요.”

한 번도 만난 적 없는, 단골손님의 손녀라는 어쩌면 지극히 사소한 인연 외에는 자신과는 아무런 끈도 이어지지 않은 아이를 위해 두 팔 걷고 나선 그녀가 한없이 고마웠습니다. 그런 순수하고 적극적인 선의가 어떻게 가능했던 건지, 생각할수록 고마울 따름입니다. 사실 그들은 굳이 그런 행동을 하지 않아도 됩니다. “그 아이의 소식에 유감이네요. 괜찮아졌으면 좋겠어요”라고 이야기하고 마는 것이 어찌 보면 당연한 반응이었습니다. 그런데 그들은 말로만 그치지 않고 적극적으로 행동에 나섰습니다. 이건 행운, 아니 기적이라는 말로밖에 설명되지 않는 것이었습니다.

이런 일은 대개 가족 구성원의 도움을 받는 경우가 대부분입니다. 그런데 가족뿐 아니라 해나와 아무런 관계도 없는 사람들까지 해나를 돕고자 나섰습니다. 그런 일들이 계속해서, 그것도 한국과 한참 떨어진 캐나다에서 벌어지는 데 저희는 정말 놀랐습니다. 그들이 단 한 번도 만나보지 않은 작은 여자아이를 위해 이렇게까지 해줄 수 있다는 것은 정말 특별한 일이었습니다.

그리고 해나의 이야기는 남편 고향 전역으로 퍼져나갔습니다. 지역신문들과 잡지들이 앞다투어 해나의 이야기를 기사로 다뤘습니다. 뉴펀들랜드에서 해나를 모르는 사람이 없을 정도였습니다. 하루에도 수십 통씩 응원과 격려의 메시지가 이어졌습니다. 손으로 곱게 쓴 카드에는 소박하고 따뜻한 사연들로 가득했습니다.

'여행비용이 남은 게 있는데 이 돈을 기금 마련에 보탬이 되길 바라며 같이 동봉했어요. 다시 연락할 수 있길 바랍니다.'

'대럴 딸 소식에 정말 유감스럽습니다. 저희가 많이 걱정하고 있는 걸 대럴도 알았으면 합니다. 그리고 언젠가 해나에게 아이스크림을 사주고 싶네요.'

우연히 해나의 소식을 들은 초등학생 여자아이 두 명이 어머니에게 직접 성금을 가져다준 일도 있었습니다. 그들은 신문을 통해 해나의 소식을 듣고, 집에서 바자회를 열었다고 합니다. 갖고 있던 책과 옷가지를 팔아 그들이 마련한 돈은 200달러가 넘었습니다. 저 같은 어른도 그런 생각을 하기 쉽지 않은데, 어린아이들이 어떻게 그런 마음을 먹었는지 정말 감동스러웠습니다.

어머니는 그 돈들, 아니 그 정성들을 모두 은행에 모았습니다. 처음에 10만 원으로 시작한 돈이 어느새 100만 원이 되고, 1000만 원이 됐습니다. 믿기지 않았습니다. 어머니는 지난 2년간 받은 기부금을 수첩에 정리해놓았습니다. 해나를 위해 모은 기금액이 무려 6만 달러가 넘었습니다.

캐나다뿐 아니라 한국에서도 도움의 손길이 이어졌습니다. '사랑밭 새벽편지'라는 재단이 2011년 6월경부터 해나를 위해 모금운동을 시작했습니다. 여러 인터넷 매체를 접촉해서 사연을 알리고, KBS 〈사랑의 리퀘스트〉도 소개해줬습니다.

사실 서울대병원 어린이후원회에서 해나의 수술비 후원을 위해 여러 재단들과 접촉했을 때, 다들 외면했다고 합니다. 오직 '사랑밭 새벽편지'만이 해나의 손을 잡아줬고, 여러 경로를 거쳐 1억 원이 넘는 금액을 모아줬습니다. 처음 재단 측 직원과 통화했던 기억이 납니다. 해나 면회를 마치고 집으로 돌아가는 지하철 안이었는데, 굉장히 따뜻하고 친절한 목소리가 휴대전화를 타고 들려왔습니다.

"해나 이야기를 들었습니다. 저희가 해나를 돕고 싶은데, 그래도 괜찮을까요? 해나는 지금 어떤 상황인지요?"

누군가의 도움이 절실할 때 손을 내밀어준 사람들이 정말 감사했습니다. 그 마음이 눈물로 쏟아져, 결국 중간에 지하철에서 내려 통화해야 했습니다. 그러고도 마음이 진정되지 않아 집에 도착해서야 다시 이야기를 마무리지었습니다. 그만큼 감사하고 또 감사했습니다.

기적이란 것은 다양한 모양과 크기, 무게로 다가온다고 생각합니다. 해나는 굉장히 많은 기적들을 만들어냈고, 지금도 기적을 만들고 있습니다. 해나가 거의 죽음의 문턱까지 갔다가 기적적으로 생존한 이후, 지금까지 일어난 모든 일들은 해나에게 쉽지 않은 여정이었을 겁니다. 굉장히 힘들었지만, 해나에겐 계속해서 기적이 일어났습니다. 린지 간호사, 마크 박사를 만날 수 있었던 것도 기적이었습니다.

해나가 태어난 이후 무슨 일이 일어났는지는 설명하기 어렵습니다. 하지만 세계의 많은 사람들이 해나를 보자마자 바로 사랑에 빠졌고, 아이가 건강해진 모습을 보고 싶어했습니다. 아픈 가족을 위해 그런 지원을 받는다는 건 어려운 일입니다.

환자의 보호자가 스트레스를 받으며 힘겹게 해결해야 하는 게 대다수의 상황입니다. 그렇기에 해나에게 일어났던 기적들은 생각할수록 놀라운 일입니다. 해나가 정말 특별한 여자아이라는 사실에는 의심할 여지가 없습니다. 언젠가 남편이 그런 이야기를 한 적이 있습니다.

"영미, 내게 당신과 대나, 해나라는 세 명의 특별한 여자들이 있다는 것을 행운이라고 생각해. 세 사람은 내게 내려진 축복이라서, 그것 자체도 기적이라고 불러야 돼. 사실 나는 이런 기적 같은 여자들과 함께할 자격이 없다고 생각해. 그래서 내가 자격을 갖출 수 있도록 최선을 다할 거야."

어쩌면 해나의 진짜 기적은 희귀병에 걸렸음에도 불구하고 살아난 것이 아닐지도 모른다는 생각이 들었습니다. 해나를 보는 사람들마다 자신과 자신의 삶에 대해 되돌아보게 된 것, 자신의 마음속에 분명 존재하고 있지만 알아채지 못했던 가장 선한 마음을 끄집어내도록 한 것, 세상은 여전히 미움보다 사랑이, 악보다 선이 많은 곳이라는 사실을 일깨워준 것, 그것이 해나가 선보인 진짜 기적은 아닐까요.

지금껏 받은 모든 호의를 갚을 방법은 하나입니다. 해나를 집에 데려올 수 있게 된다면, 저희가 할 수 있는 최선의 방법은 그들 모두를 방문하는 겁니다. 그들이 바라는 것도 그것 하나입니다. 그들은 "빨리 해나를 만나보고 싶다"고 말합니다. 해나와 함께 그들의 얼굴을 보면서 "감사해요"라는 말을 전하고 일일이 안아주고 싶습니다.

인생은 정말 짧습니다. 한 번 기적을 경험하면 그걸 최대한 행복하게 유지하려고 노력해야 합니다. 그렇기에 해나가 돌아온다면, 저희는 그렇게 하려고 노력할 것입니다. 저희끼리만 잘살려고 하지 않을 것이고, 모든 것을 공유하려고 노력할 겁니다.

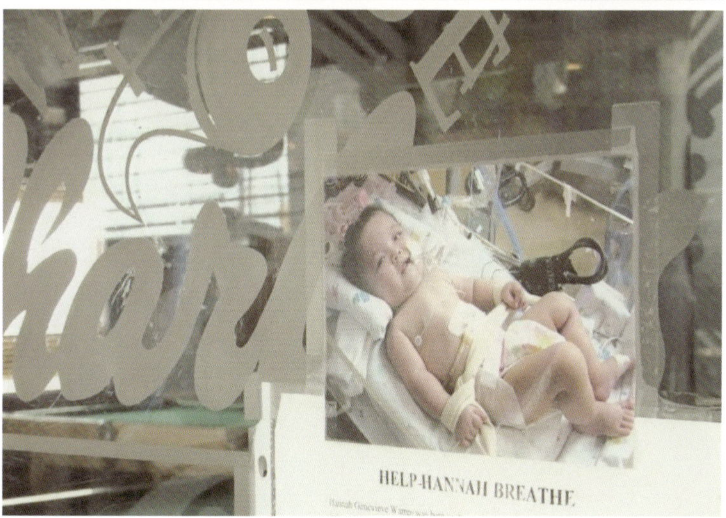

해나 아빠의 고향, 캐나다에서 자발적으로 모금운동이 벌어졌다.
해나를 살리기 위해서.

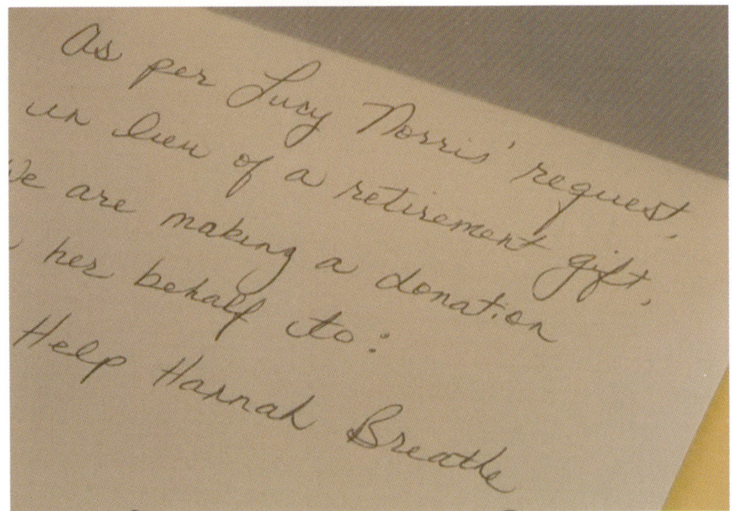

한 번도 만난 적 없는 해나를 위해
정성 들여 쓴 편지들.

나중에 해나가 건강해지면,
이 예쁜 모습을 직접 보여드리고 감사의 인사를 전하고 싶다.

"안녕하세요, 해나입니다."

해나의 미소만으로도
그들에겐 충분히 보답이 될 것이다.

지난 몇 년간 시어머니는 잠시도 뜨개질을 멈추지 않으셨는데 다 해나를 위해서입니다. 이렇게 뜨개질로 만든 양말과 실내화를 팔아서 번 돈들을 봉투에 저장해놓고 있습니다. 해나를 찾아오는 비용으로 쓰기 위해서입니다. 해나의 수술 소식을 들었을 때부터 격주로 돈을 모아서 여행 비용을 마련하고 계신 겁니다. 2013년에는 260달러를 버셨다고 합니다.

한 땀, 한 땀, 정성 어린 뜨개질은 기도입니다. 해나가 건강하게 살게 해달라는 기도. 뜨개질은 희망입니다. 해나를 만날 수 있다는 희망. 뜨개질은 사랑입니다. 한 번도 본 적 없는 손녀를 향한 사랑……

고령의 나이에 건강도 좋지 않으면서, 잠까지 줄여가며 뜨개질을 하시는 어머니를 생각하면 울컥, 감사함과 죄송함이 동시에 밀려듭니다.

가족, 이 단어를 떠올리면 누구나 애틋함이 느껴질 것이라 생각됩니다. 세상 모두가 등을 돌린다 해도 내 편이 되어줄 사람들이라는 든든함, 누구에게도 보여주지 못하는 못나고 부족한 모습까지 보여줄 수 있는 사람들이라는 편안함…… 누구에게나 가족은 가장 안락한 보금자리이자 편안하게 기댈 수 있는 버팀목이겠죠.

저 역시 가족이 없었다면, 지난 시간들을 어떻게 버텨낼 수 있었을까 싶습니다. 사실 사회생활을 시작하고 결혼을 하면서 가족들에게 소홀한 시기도 있었습니다. 피로 맺어진 끈끈한 관계임에도, 늘 가장 가까이에 있는 존재임에도, 그 '당연함'으로 인해 우선순위에서 밀리게 되곤 합니다. 특히 학교에 다니며 친구를 사귀고 회사를 다니며 일을 하다보면, 친구나 동료가 가족보다 우선시되는 경우가 많습니다. 가끔은 일주일 내내 가족에게 전화할 여유조차 잊고 살 때도 있습니다. 매일매일이 너무 바쁘기에 어떻게 지내냐는 간단한 안부조차도 묻지 않고 사는 겁니다. 조금 소홀해도, 조금 뜸해도 늘 곁에 있는 존재라는 생각 때문인 것 같습니다.

저희 역시 마찬가지였습니다. 저는 결혼 이후 가정을 꾸리느라 바빠 친정 식구들에게 마음을 쓰지 못했습니다. 해나 아빠는 가족과 너무 멀리 떨어져 있었기에 어쩔 수 없이 다소 소원해질 수밖에 없었습니다. 그때 해나가 태어났습니다. 그리고 해나는 소원했던 가족들을 다시 끈끈하게 이어주는 징검다리가 돼주었습니다.

가족 중에 한 명이 아프면 더 가까워지고 무슨 일이 있어도 서로를 돕게 되는 모양입니다. 남편의 가족, 제 시댁 식구들은

해나를 위해 돈을 모으자는 하나의 목표에 집중하면서 함께할 수 있었습니다. 만약 누군가 아프다면, 누군가 힘들다면, 가족은 특히나 이런 때일수록 서로에게 힘을 받아서 강해지는 것 같습니다.

해나 아빠는 고향 캐나다에서 굉장히 멀리 떨어져 있기에 종종 향수병을 앓았습니다. 그런데 해나가 태어난 이후 그가 한 가지 깨달은 게 있다면 가족은 도움이 필요할 때면 언제든 함께 있어준단 사실이었다고 합니다. 바로 옆집에 있든, 7000마일 떨어진 지구 반대편에 있든, 그들과 원하는 만큼 이야기를 할 순 없다고 해도 그들은 항상 거기에 있다는 사실을 알았답니다.

저 역시 해나를 만나면서 남편의 존재를 새삼 깨달았습니다. 전혀 다른 삶을 살던 남녀가 만나 결혼을 하고 아이를 낳고 새로운 가족을 이루면서 살다보면 어쩔 수 없이 어려운 일들이 생기기 마련입니다. 그때 어떤 가족은 그 어려움으로 인해서 흩어질 수도 있고, 어떤 가족은 더 단단한 관계를 만들 수도 있고요. 저희 같은 경우는 해나 일을 계기로 더 가까워지고 두터워진 것 같습니다.

사실 해나 아빠가 외국인이다보니 제가 신경써줘야 할 부분이 많았습니다. 타국에 와서 의사소통도 불편하고, 낯선 문화에 적응하기도 쉽지 않았고요. 거기서 받는 스트레스가 상당했고, 그런 걸 모두 제가 이해하고 배려해야 했습니다. 그런데 해나 일을 겪으면서 그가 참 든든했습니다. 해나 아빠가 있었기에 힘든 순간들을 많이 이겨낼 수 있었습니다. 그 역시 제가 느낀 감정이나 고통을 똑같이 느꼈을 텐데, 자기가 겪는 슬픔은 잠시 뒤로하고 저를 먼저 위로해줬습니다. 어쩌면 해나가 태어나고 아프고 자랐던 시간들은, 가족의 소중함을 일깨워준 시간들이었던 것도 같습니다.

모금운동 이후 캐나다에 있는 가족들에게 고마움을 어떻게 표현해야 할지 생각하는 게 어려웠습니다. 왜냐하면 "고마워요"라는 말로는 충분하지 않았기 때문입니다. 그 말을 하는 데는 1초밖에 걸리지 않습니다. 그렇다고 무작정 계속해서 "고마워요"라는 말을 연발할 수도 없는 것이고요. 할 수 있었던 말은 "이렇게까지 해주셨다는 게 믿기지가 않았어요"밖에 없었습니다. 이 말은 정말 많은 뜻을 내포하고 있었습니다. 그분들이 이렇게 해주지 않았다면 해나의 여정은 훨씬 더 어려웠을 게 분명하니까요. 그분들이 이렇게 해주지 않았다면 우리는 금방 지쳐서 주저앉았을지도 모르니까요.

감사함을 전하는 가장 좋은 방법 중에 하나는 더 많이 이야기하고 더 많은 시간을 함께 보내는 겁니다. 어머니에게 일이 어땠는지 물어보고 아버님에게 하루가 어땠는지 사사로운 일상을 물어보는 것입니다. 해나 아빠는 시부모님에게 최소 일주일에 한 번씩은 연락하려고 했습니다. 그게 고마움을 표현할 수 있는 최고의 방법이라고 생각한다고 합니다.

해나를 통해 우리 가족은 진한 사랑을 확인할 수 있었습니다. 해나는 사랑의 메신저인 걸까요. 사랑의 큐피트?

얼마 전 가족들이 캐나다 시댁에 모였습니다. 해나가 태어나고 가족들은 그 어느 때보다 자주 모입니다. 모금행사도 모두가 힘을 합쳐 같이했습니다. 가족들이 모여 연신 웃음꽃을 피우며 대화를 나눕니다. 대화의 주제는 역시 해나입니다.

"수요일에 보내준 사진들은 그 수술이 있은 다음에 해나의 사진이죠?"

"괜찮아 보이던데요."

"그렇지."

"그리고 바이러스 같은 게 발병하기도 했어."

"그래도 항상 행복해 보이잖아요."

"항상 그렇지, 항상 웃지. 대럴이 보낸 모든 사진들을 보면 항상 웃고 있어"

이 가족들의 사랑에 보답하기 위해서라도 더 늦기 전에 좋은 소식이 있었으면 좋겠습니다.

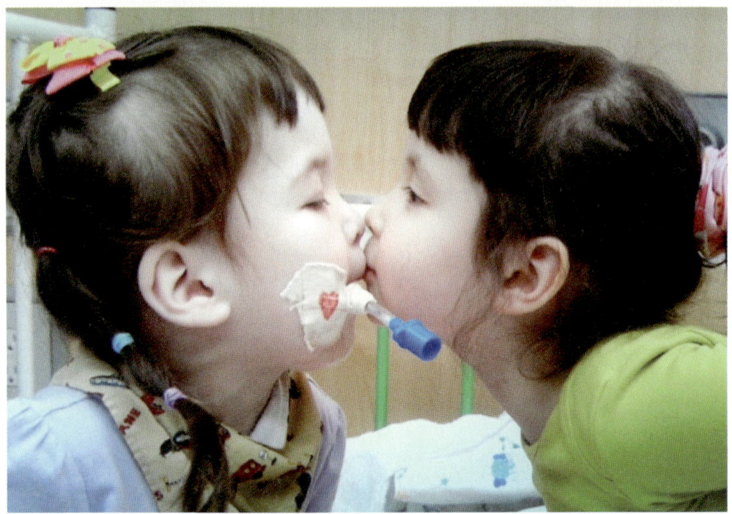

가족……

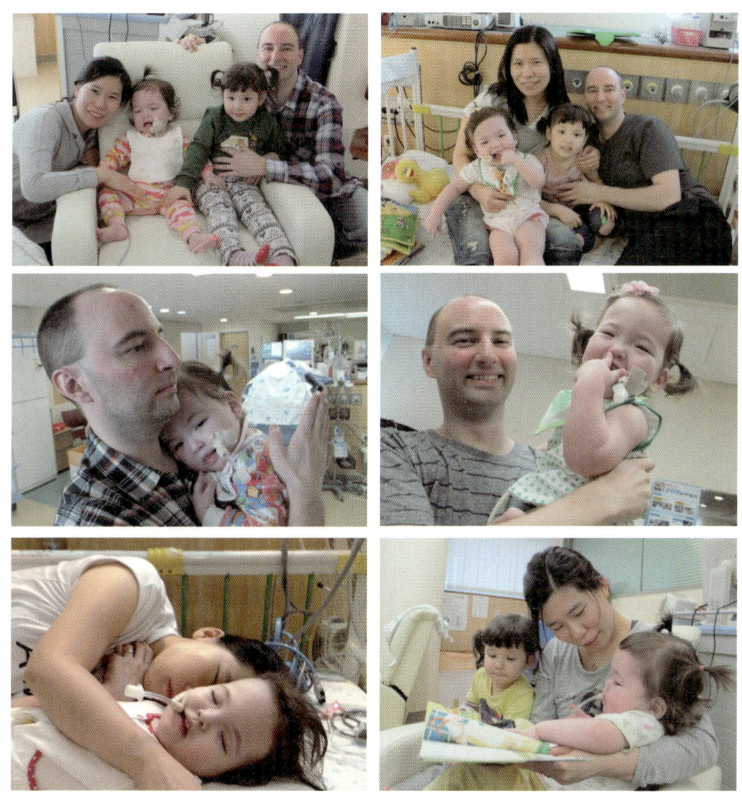

모든 행복의 시작이자 완성.

한국, 미국, 스웨덴을 잇는 '해나 프로젝트'

"영미, 잠깐만 와볼래?"

"응, 왜?"

"마크한테 이메일이 왔어."

"정말?"

"된 것 같아. 한 번 안아줄래?"

모두가 기다리던 소식이 왔습니다. 드디어 파울로 박사가 미국에서 해나를 수술하는 게 가능해진 것입니다. 해나 아빠가 인터넷에서 파울로 박사의 기사를 찾은 지 2년 만에야 날아온 낭보였습니다.

처음 해나 아빠가 기사를 보여줬을 때만 해도 해나가 그 수술을 받을 수 있을 거라곤 전혀 생각하지 못했습니다. 그것은 그냥 '뉴스'였습니다. 저희와 상관없는 세상의 소식이었습니다. 만약 할 수만 있다면, 해나에게 좋은 기회일 수도 있다는 생각이 스치긴 했지만 불가능하다고 여겼습니다. 주변의 반응도 비슷했습니다.

'그 먼 외국에 있는 사람한테 어떻게 수술을 부탁하냐.' '설사 그 사람이 와서 수술을 해준다고 해도 비용은 어떻게 감당할 거냐.' '완전 뜬구름 잡는 소리다.'

시작도 해보기 전에 포기부터 했습니다. 무엇보다 이전까지 파울로 박사의 수술은 성인을 대상으로만 진행됐습니다. 해나는 너무 어리기 때문에, 수술이 더 어려울 수 있었습니다. 그래서 잠시 그 사실을 잊고 살았습니다. 괜히 희망에 부풀어올랐다가 실망하면 더 크게 낙담하고 좌절할 것 같았기 때문입니

다. 그런데 혹시나 하는 마음에 마크 박사에게 이야기를 꺼내
자, 그가 파울로 박사에게 연락했고 무료로 수술해주겠다는 동
의를 받은 것입니다.

이제 우리는 압니다. 이것이 우연히 찾아온 행운이 아니라는
사실을요. 우리가 가만히 앉아 있는데 알아서 찾아와주는 행운
같은 건 없다는 걸요. 기적의 다른 이름은 노력이라는 사실을
해나에게 배웠으니까요. 우리가 해나를 살리고자 백방으로 방
법을 찾았고, 또 그 방법을 안 마크 박사가 행동을 취했기에 가
능했던 일이었습니다. 세상의 모든 기적들 뒤에는 수많은 사람
의 땀과 눈물이 있다는 사실을, 저는 이제 잘 알고 있습니다.

처음 우리는 해나의 이식수술을 서울에서 하려고 했습니다.
하지만 우리 의료법상 외국인인 파울로 박사의 수술은 허락되
지 않았습니다. 다시 미국에서 허가를 받는 데 2년의 시간이 필
요했습니다.

"드디어, 드디어."

남편이 메일을 보며 눈물을 흘립니다. 그동안 누구보다 애를
태워온 해나 아빠. 이제 정말 마음을 놓아도 되는 것일까요. 문
득 그런 생각이 들었습니다. 정말 말만 부모지, 저희가 해준 건
하나도 없고 모두 해나가 저희를 도와준 것 같다는 생각. 파울

로 박사의 수술 기사를 찾은 건 해나 아빠였지만, 만약 해나가 열심히 살아주지 않았다면, 해나가 린지 간호사의 마음을 움직이지 않았다면 모두 불가능했을 일입니다. 엄마 아빠가 많이 모자라니까 해나가 알고, 스스로 애써준 것 같다는 기분이 듭니다.

미국에서 승인이 나기까지 기다리는 동안은 조바심이 나기도 했습니다. 해나가 태어난 지 벌써 두 돌이 넘었고 세번째 겨울을 맞았는데, 그 힘들었던 시간을 보내면서 지금까지 왔는데…… 2년이 넘는 시간 동안 마음고생 몸고생 많이 하면서 여기까지 왔는데, 그 몇 달을 못 기다릴까 생각했습니다. 하지만 막상 딱 고지가 저기인데, 진짜 지금 칠부 능선쯤 왔는데, 조금만 더 가면 되는데 진전이 없으니까 많이 애가 타고 인내심에 한계를 느끼기도 했습니다.

그러다 정작 수술이 결정되자 두려움이 밀려오기도 했습니다. 수술을 받아도 성공한다는 확신이 없기 때문이었습니다. 그래도 99퍼센트는 좋은 쪽으로 잘될 거라고 생각했습니다. 눈을 감고 미래를 떠올리면 밝은 그림이 그려졌습니다. 해나와 함께 손잡고 놀러다니는 풍경, 해나가 마침내 집에서 밥을 먹는 모습…… 제겐 희망의 증거, 바로 해나가 있으니까요.

2013년 2월 25일, 반가운 손님을 맞으러 공항에 나갔습니다. 린지 손 간호사. 해나를 미국 의료진에 소개해준 고마운 분이 한국에 오신 것입니다. 우리는 뜨겁게 감격의 포옹을 나눴습니다.

"정말 오랜만이에요. 잘 지내셨어요?"

"네, 잘 있었어요."

린지 간호사와의 우연한 인연이 아니었다면 미국에서 이식수술을 하는 것은 엄두도 내볼 수 없었을 것입니다. 린지 간호사의 이번 방문은 오롯이 해나만을 위한 것. 그녀는 미국에 가는 해나를 돌보기 위해 아예 휴직을 하고 왔습니다. 역시나 그녀는 도착하자마자 해나를 보겠다며 바로 병원으로 향했습니다.

"해냐야, 린지 선생님이 오셨어."

"눈 뜬다, 하이 베이비, 해나야."

"안녕하세요, 해야지."

25년간 많은 아기들을 돌보면서도 이토록 간절한 마음이기는 처음이라고 합니다. 해나의 무엇이 그녀를 간절하게 만든 걸까요. 2년 반 만에 만난 해나. 처음에 만났을 때도 좀 안아보고 싶었는데, 튜브가 빠질까봐 못 안았다고 합니다. 그녀는 이 번엔 해나를 꼭 안아주고 싶다고 했습니다.

언니도 오랜만에 보면 낯설어하면서 린지 간호사가 고마운 분인 걸 해나가 아는 걸까요. 그녀의 무릎에 앉아 웃음을 터뜨 립니다.

"애가 꼭 나를 아는 것 같아. 울지도 않고. 선생님, 기억나?"

해나가 고개를 젓습니다.

"기억 안 나? 몰라? 그런데 좋아?"

앞으로 수술을 위해서는 더 많은 사람과 더 낯선 환경에 적 응해야 할 텐데, 지금만 같았으면 좋겠습니다.

이틀 뒤에는 마크 홀트만 박사도 도착했습니다. 해나를 보 러 네번째 오는 길. 그는 해나의 인공기도 수술을 위해 FDA로 부터 모든 허가를 받고 왔습니다. 스웨덴에서 파울로 마키아리 니 박사도 도착했습니다. 그에겐 첫 한국행입니다. 이들이 함 께 해나를 수술하게 될 거라고 그 누가 상상했을까요. 한국, 캐 나다, 미국, 스웨덴을 잇는 기적 같은 인연이 가능할 거라고 그 누가 알았을까요.

병원에는 해나를 찾아온 손님이 또 있었습니다. 미국 NBC TV 촬영팀. 간판급 진행자 메러디스가 직접 취재를 왔습니다. 만약 이번 수술이 성공한다면 해나는 세계 최연소로 인공기도를 이식받는 경우가 되는 것입니다. 하지만 NBC 역시 최연소라는 타이틀보다 이 수술을 가능케 한 기적 같은 인연에 더 놀라고 있었습니다.

"굉장히 감동받았어요. 왜냐하면 운명 같았거든요. 이 모든 사람들이 꼬마 여자아이를 살리려고 모였다는 게 말이죠. 그리고 그녀는 뭐라 할까, 마력이 있어요. 그래서 저희도 동참을 하고 이걸 미국 청중에게 들려주고 싶었어요."

이것은 사람이 만드는 아름다운 기적. 모두가 어떤 대가도 바라지 않고 오직 해나를 살리기 위해 모였습니다. 아니, 그들이 바란 대가가 있긴 했습니다. 해나의 건강…… 세상은 날로 각박해진다고 하고, 사람들은 잔인해져간다고 합니다. 뉴스를 통해 들려오는 무서운 소식들은 이것이 현실이 맞는지 믿기 힘들 정도입니다. 하지만 저는 세상이 아직 아름답다고 믿습니다. 그 증거가 이렇게 제 눈앞에서 펼쳐지고 있으니까요.

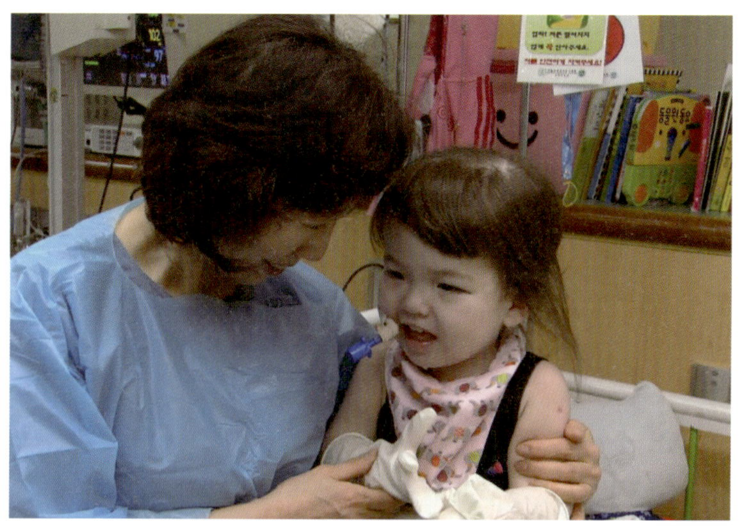

고마운 분인 걸 아는지, 낯선 사람을 경계하는 해나가
린지 손 간호사 앞에서는 웃음을 터뜨렸다.

또 한 번의 도전

병원에 도착하자마자 마크 박사는 먼저 해나를 만나러 갔습니다. 올 때마다 해나 사진을 찍어서 휴대전화에 담는 마크 박사. 마치 딸을 바라보듯 흐뭇한 미소로 해나의 일거수일투족을 담습니다. 사실 그는 해나에게 아빠 이상의 것들을 안겨줬습니다. 해나가 미국에서 수술을 받도록 병원과 관계기관의 승인을 모두 받아준 사람이 그입니다. 귀찮고 번거로운 과정을 혼자서 처리해줬습니다. 지난한 시간 동안 포기하지 않고 매달려줬습니다. 마크 박사의 노력이 없었다면 수술까지 얼마나 더 시간이 필요했을지 모를 일입니다.

수많은 사람들과 카메라에 둘러싸여서도 놀라기는커녕 좋아하며 장난치는 해나의 모습이 인상적이었나봅니다. 그가 기쁜 듯 말문을 열었습니다.

"이런 수많은 카메라와 사람들로부터 영향을 안 받네요. 나이에 맞게 잘 크고 있는 것 같아요. 고통이 그다지 영향을 준 것 같지 않아요. 2년 반 동안 여기서 간호사들과 의사들이 얼마나 잘 돌봐줬는지 알 것 같아요. 기도가 필요하다는 것 빼고는 완벽한 꼬마아이예요."

기도가 필요하다는 것 빼고는 완벽한 꼬마아이. 저는 그 표현이 정말 정확하다고 생각합니다.

해나는 '음식'을 먹을 수 없습니다. 대신 주변 사람들의 '사랑'과 '관심'으로 쑥쑥 커왔습니다.

해나는 '말'을 할 수 없습니다. 대신 누구보다 환한 '미소'로 기쁨을 표현할 줄 압니다. 따뜻한 '포옹'으로 위로를 전할 줄 압니다.

해나는 '또래친구'가 없습니다. 대신 병원의 모든 의료진, 해나를 만나본 적 없는 저 먼 캐나다 사람들이 모두 해나를 지지하고 응원합니다. 해나를 아는 '모든 사람'이 해나의 친구입니다.

　처음 해나를 본 사람들은 모두 '불쌍하다'고 동정했지만, 조금만 시간이 지나면 '특별하다'고 감탄했습니다. 해나는 기도가 없는 불쌍한 아이가 아니라, 기도가 없는 대신 더 많은 것을 가진 특별한 아이라는 사실을 알게 되기 때문입니다. 그런 해나이기에 한국은 물론, 캐나다, 미국, 스웨덴에서까지 이 많은 사람들이 온 힘을 다해 돕는 것이겠지요.

　그런데 무슨 일일까요. 해나와의 첫 만남인데도 파울로 박사는 해나에게 가려 하지 않았습니다. 그가 원한 건 진료기록이었고, 그는 바로 이주영 박사와 이야기를 시작했습니다.

"해나가 지금 우리가 온다는 걸 알고 있나요?"

"네."

"해나가 알고 있다면 해나도 뭔가를 기대하고 있을 거예요. 그래서 우리는 최선을 다해야 하고 해나와 대화를 해야 해요."

　그는 매우 신중한 사람이었습니다. 수술이 결정되긴 했지만,

수술이 실제로 가능할지는 검사를 통해서만 확인할 수 있는 일이었습니다. 만약 검사 결과, 수술 부적합 판정이 나온다면 모든 것이 수포로 돌아갈 수 있었습니다. 그렇기에 수술을 확정하기 전까진 보호자인 우리와도 만나지 않았습니다.

의료진이 검사 준비를 하는데 해나가 울음을 터뜨립니다. 수술한 지 얼마 지나지 않았는데 또 수술을 하는 것은 아닌지, 지레 겁을 먹은 모양입니다. 사실 검사만으로도 만만치 않은 일정입니다. 하지만 병을 찾기 위한 검사가 아니라 수술 가능 여부를 확인하는 검사. 이것은 희망의 검사입니다. 해나에게 진정제를 투여하고 검사실로 옮깁니다. 지금까지 수차례도 더 했을 검사가 다시 진행됐습니다.

그 어느 때보다 철저한 준비가 이뤄졌습니다. 이 결과에 따라 수술 여부가 최종적으로 결정될 것입니다. 파울로 박사는 이 분야에서 최고의 권위자이지만, 해나의 수술은 그에게도 만만치 않은 도전입니다. 그가 지금까지 줄기세포를 이용한 인공 기도 이식에 성공한 것은 단 다섯 건. 그중 네 명이 성인이었습니다. 2012년 이식한 열세 살 소년이 가장 어린 환자였습니다.

32개월밖에 안 된 해나에게도 같은 수술이 가능할지는 장담할 수 없는 일입니다. 그런데 문제가 있었습니다. 검사 상황을 보던 파울로 박사가 심각한 표정으로 화면을 지적합니다.

"저번에는 확실하지가 않았는데 지금 보니 여기 세포 과다 형성이 있군요."

아무래도 무언가 잘못되고 있었습니다. 긴급회의가 소집됐습니다. 해나는 단지 기도만 없는 것이 아니었습니다. 기관지 주변의 혈관의 위치에서도 기형이 발견됐습니다. 파울로 박사는 몇 가지 검사를 더 요청했습니다. 이번에는 기관지 내시경. 인공기도와 연결할 부위를 직접 살펴보려는 것입니다. 좀처럼 깊은 안쪽까지 보기가 어렵습니다. 아직 세 살밖에 안 된 해나의 장기는 너무 가늘고 좁은 탓입니다.

태어나자마자 중환자실에서 3년, 참으로 간절히 기다려온 기회였습니다. 그런데 여기서 포기해야 할까요. 반나절이면 된다는 검사가 오후를 넘기고도 계속됐습니다. 그 어느 때보다 떨리고 겁이 났습니다.

드디어 파울로 박사가 우리를 불렀습니다. 그는 먼저 인공기도 모형을 보여주었습니다.

“지난 3년 동안 우리가 연구해온 결과물입니다.”

“믿기지가 않아요.”

줄기세포로 만든 인공기도를 보고 마냥 신기해하는 우리에게 파울로 박사는 신중한 결정을 권유했습니다.

“다시 말하자면 매우 까다로운 수술이라는 겁니다. 우리에게도 까다로운 수술입니다. 그리고 더불어 위험 요인을 더해주는 요소들이 있습니다.”

“우리가 들은 바로는 위험 부담이 있지만 해나의 인생 자체가 지금까지 위험 부담을 안고 있었어요.”

박사의 질문에 답한 남편이 제게 묻습니다.

“그래도 수술해야겠지?”

“응.”

저는 수술을 선택했습니다. 저는 제 딸 해나를 믿습니다. 코로 숨도 쉬지 못한 채, 2개월밖에 살지 못할 거라던 생존 가능성으로도 지금까지 잘 자라주었습니다. 해나보다 더 분명한 희망은 없습니다. 위험이 큰 수술이지만, 해나는 분명 잘 견뎌내줄 겁니다.

비로소 파울로 박사가 해나를 만나러 갔습니다. 아빠가 인사를 시킵니다.

"파울로 의사선생님이야. 기도를 선물해주실 거야."

자신에게 일어나고 있는 이 엄청난 일을 해나가 알 수 있을까요. 내내 굳어 있던 표정의 파울로 박사도 해나 앞에서 비로소 미소를 짓습니다.

"하나만 물어볼게. 이거 빼고 싶니?"

입에 꽂힌 튜브를 가리키며 그가 묻자 해나가 세차게 고개를 끄덕입니다. 해나도 알고 있는 걸까요. 이 튜브를 빼면 이제 코로 숨쉴 수 있고, 입으로 음식을 먹을 수도 있다는 사실을요. 수술은 지금까지 겪은 것보다 더 힘든 싸움이 될 수 있다는 사실을 알고 고개를 끄덕이는 걸까요. 해나에게 직접 답을 들을 수 없기에 이 녀석의 마음은 짐작하기 힘들지만, 하나만은 확실히 알 것 같습니다. 튜브가 아닌 자기 힘으로 호흡하고 싶다는 간절함……

또 한 번 기적을 향한 도전이 시작되고 있었습니다.

마크 박사가 해나와 처음 만났을 때.
그와의 인연도 어느새 2년이 넘었다.

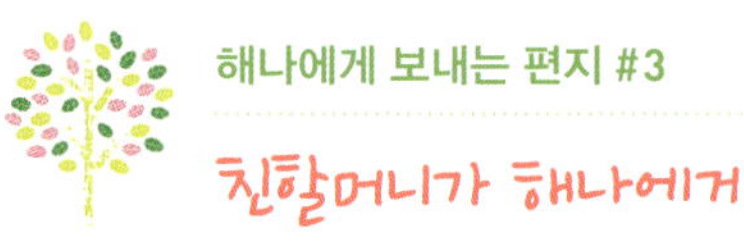

친할머니가 해나에게

하이, 베이비. 아가야.

할머니란다. 네가 미국에 온 뒤, 우리가 처음 만났으니까 이제 할머니 얼굴은 잘 알고 있겠지? 네가 내 이야기를 어디까지 알아들었는지는 모르겠지만, 너를 향한 사랑만은 느꼈을 거란 걸 잘 알고 있단다. 왜냐면, 할머니도 느껴졌거든. 해나의 사랑이.

예전에 네 아빠가 보내주었던 비디오 중에 네가 울고 있는 모습이 있었단다. 네 입에서는 아무 소리도 나오지 않았어. 그냥 눈물만 흐르고 있었지. 할머니는 너무 힘들어서 비디오를 끝까지 보지 못했단다. 나중엔 네가 웃고 박수치고 놀고 하는 비디오를 보내줬는데, 그게 나를 웃게 만드는 힘이었지. 그리고 또 동시에 울게 만들기도 했고.

오, 베이비. 너는 어쩜 그렇게 예쁘게 웃는 걸까. 할머니는 세상에서 그렇게 눈부시게 웃는 사람은 본 적이 없단다. 네 아빠 대릴도, 또 네 삼촌들도 아기 때는 무척 귀엽고 예뻤지만, 너만큼은 아니었어. 나는 네가 그 웃음을 오래도록 간직할 수 있기를 기도하고 또 기도했단다.

오랫동안 기다렸던 수술이 마침내 끝났고 수술은 성공했지. 너는 여전히 많이 아프고 힘들지만, 곧 모든 게 완벽해질 거야.

베이비, 너는 다시 태어난 거란다. 어쩌면 앞으로 너는 더 많은 도움을 필요로 할지도 몰라. 먹는 법도 배워야 하고, 혼자서 숨쉬는 법도 익혀야 하고, 소리내어 우는 법도 알아야겠지. 네가 처음으로 소리를 내게 되는 순간은 네가 다시 태어난 것과 같은 거란다. 그 순간이 온다면, 나는 소름이 돋고 전율을 일으킬지도 몰라. 그때를 기다리고 있는 지금 이 순간이 나를 흥분하게 만든단다.

지금 네가 조금 힘들다고 해도, 그런 너를 보면서 나 역시 힘들다고 해도, 나는 그날만을 생각할 거야. 네가 나를 보고 "내니"라고 부르며 달려오는 순간만을…… 그럼 나는 달려온 너를 꼭 안고 속삭여줄 거란다.

"I love you, baby."

4장

기적 넷
해나, 꿈과 만나다

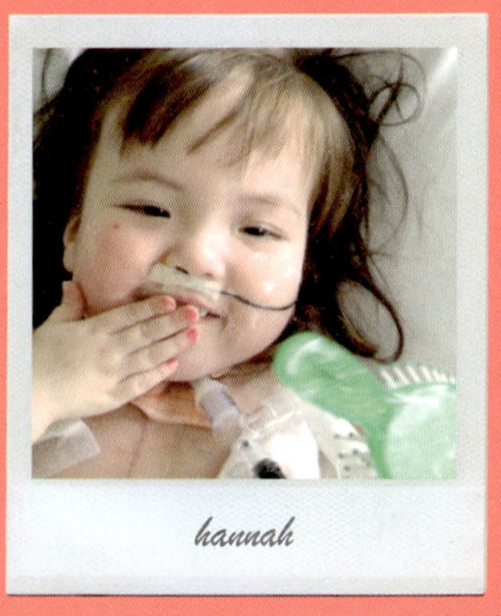

세계 최연소 줄기세포 인공기도 이식수술에 성공한 해나. 해나에게 지금까지의 삶이 '기적'이었다면, 앞으로 만들어갈 삶은 '축복'이 될 것이다.

2013년 3월 28일, 수술을 위한 출발이 하루 앞으로 다가왔습니다. 두려움과 기대가 뒤섞여 우리 가족은 모두 묘한 흥분 상태에 빠졌습니다.

"해나, 누구야?"

'아빠.' (해나가 입 모양으로 정확히 아빠를 발음합니다.)

"맞았어, 아빠. 아이, 착해. 난 누구야?"

'엄마.' (엄마 역시 정확하게 입 모양으로 말합니다.)

"잘했어. 내일 갈 거야. 오늘 한 번만 코~ 자면, 우리 내일 가는 거야."

기대에 부푼 엄마 아빠의 마음이 전해졌는지, 해나도 연신 싱글벙글입니다. 아빠가 해나에게 하이파이브를 청합니다.

'짝!'

아빠의 손과 해나의 손이 부딪쳐 경쾌한 소리를 냅니다. 모든 것이 잘될 것만 같은 기분. 해나와 의료진의 호흡도 이렇게 잘 맞아서, 수술이 멋지게 성공했으면 좋겠습니다.

해나의 첫 외출을 위해서 예쁜 원피스도 준비했습니다. 세 살이 되도록 한 번도 병원 밖을 나가지 못했던 해나가 처음으로 세상에 발을 내딛는 날인 만큼, 가장 예쁜 모습으로 세상에 보여주고 싶었습니다.

"해나, 내일 이거 입고 갈까?"

'싫어~' (해나가 고개를 가로젓습니다.)

"그럼 이거? 이건 어때? 어떤 거 입을까? 이거 입을까, 이거 입을까?"

'음~' (해나가 머리에 손가락을 얹고 고민하는 표정을 짓습니다.)

"해나, 어떤 거 입을까? 이거 입을 거야?"

해나가 고른 드레스는 분홍색 레이스가 달린 공주님 원피스. 천사 같은 해나를 돋보이게 해줄 옷이 드디어 결정됐습니다.

태어난 날 이곳에 입원해서 한 번도 밖에 나가본 적 없는 해나. 짐을 싸려고 보니 그동안 가져다놓은 물건들이 이만저만 많은 게 아닙니다. 곳곳에 해나의 흔적들이 산더미입니다. 3년이나 살았으니, 그럴 만도 하지요. 일단 미국에서 쓸 것만 간단히 챙기기로 했습니다. 부정적인 생각은 절대 하고 싶지 않지만, 아직은 수술 결과에 대해 무엇 하나 장담할 수 없는 일이니까요.

머릿속에서 뭉글뭉글 피어오르는 안 좋은 생각들을 애써 떨쳐내려 노력하는 엄마와 달리, 아이들은 신이 났습니다. 출발이 결정되고 대나와 해나는 부쩍 친해졌습니다. 대나가 들뜬 목소리로 해나에게 앞으로의 일정을 설명해줍니다.

"해나, 내일 색칠하기 놀이 하고 스티커도 붙이고 빼빼로랑 마이쮸도 먹을 거다~"

동생과 여행을 간다고 생각하는 모양입니다. 동생이 드디어 집에 온다고 생각하니 설레는 모양입니다.

"대나야, 해나 집에 오면 책 많이 읽어줄 거야?"

"응!"

"책 읽어주고 또 뭐할 거야?"

"책 읽어주고 놀아주고 씻겨주고 옷도 입혀주고 자장자장도
해주고~"

"진짜?"

"응!"

언니 노릇을 할 생각에 대나의 기분이 하늘을 찌릅니다. 두
살 터울 자매지만 대나와 해나가 만난 날은 손가락으로 꼽을
정도. 하지만 이제 함께할 수 있다는 희망 때문일까요. 아이들
이 조금씩 서로에 대한 관심을 키워가고 있었습니다.

짐을 꾸리고 간호사들에게 인사를 갔습니다. 지난 3년, 제가
없는 시간 동안 중환자실 간호사 모두가 해나의 엄마가 되어줬
습니다. 그 사랑이 없었다면 해나는 지금처럼 예쁘게 자라지
못했을 겁니다.

"선생님."

"가요?"

"네. 내일 바로 공항으로 가서, 인사드리려고요."

"진짜 가요? 진짜 가요?"

해나와 헤어진다는 사실이 믿기지 않는지, 선생님들이 몇 번을 되묻습니다. 왜 안 그럴까요. 엄마처럼, 이모처럼, 언니처럼, 해나 곁에서 늘 함께했던 분들인데요. 해나가 태어난 직후부터 지금까지 그 모든 기적을 옆에서 지켜봐준 분들인데요. 마치 제가 해나를 입양해가는 느낌마저 듭니다.

사실 저 역시 진짜 떠난다는 사실이 믿기지 않습니다. 지금껏 세 번의 좌절을 겪었습니다. 2012년 6월과 9월, 여러 사정으로 출국 전에 갑작스레 취소 통보를 받았습니다. 그리고 2013년 3월 초 출발을 사흘 앞두고 예정된 수술 일정이 또다시 미뤄지면서 상심에 빠졌던 우리입니다. 해나의 인공기도를 만들 재료가 FDA에서 최종 승인받은 재료와 다른 것으로 결정되면서 연기된 것인데, 다시 승인을 받는 데 시간이 필요하다고 했습니다. 신이 내 한계가 어디까지인지를 시험하는 건가 하는 생각마저 들었습니다. 정말 떠난다고 생각하고 있었기에 실망을 감출 수 없긴 했지만, 해나에게 최적의 조건을 갖춰주려는 노력임을 알기에 기꺼이 받아들이기로 했습니다.

기다리는 일이라면, 이제 선수가 됐습니다. 해나가 건강해지는 날만을 손꼽아 기다린 지가 벌써 3년인걸요. 그리고 해나가 태어난 직후, 해나가 세상을 떠났다는 전화를 기다리던 때를 생각하면, 지금의 기다림은 아무리 길어도 행복이고 희망입니다. 지겹지 않고 무섭지 않은 기다림입니다.

더욱이 실제로 기다리는 사람은 해나였습니다. 저희는 단지 같이 기다릴 뿐이었습니다. 그렇기에 우는 소리는 할 수 없었습니다. 기적이 그렇게 쉽게 찾아온다면 기적일 리 없으니까요.

그리고 마침내 '진짜' 수술을 위해 떠나게 된 겁니다. 해나의 수술은 분명 잘될 거라는 생각이 들었습니다. 한국에서는 이렇게 많은 사람들이 깊은 사랑을 줬고, 미국에서는 가장 완벽한 수술을 위해 또 그렇게 많은 사람들이 동분서주하는데, 해나가 그 사랑을 배신할 리 없으니까요.

면회가 끝나고 집에 돌아갈 시간. 역시나 해나가 지퍼를 올려줍니다. 이것이 우리가 마지막으로 나누는 작별인사였으면

좋겠습니다. 늘 쉽게 떨어지지 않던 발걸음인데, 그날은 정말 가벼운 마음으로 돌아왔습니다.

집으로 돌아와 옷도 갈아입지 않고 바로 캐나다에 계신 시부모님께 전화를 드렸습니다. 모두가 그 어느 때보다 들뜬 목소리입니다. 시부모님은 우리의 출발 소식을 듣고 미국으로 오기로 하셨습니다. 늘 해나 아빠가 보내준 비디오로만 손녀를 접하던 할머니 할아버지가, 마침내 해나를 직접 만나게 된 것입니다.

"이제 드디어 해나를 만나는데 기분이 어떠세요?"

"보고 싶어서 기다리기가 힘들구나."

해나를 한 번 안아보는 게 소원인 어머니. 수술을 위해 쓰라고 6천만 원이 넘는 돈을 모금해서 보내기도 하셨습니다.

"이제 좀 안심이 돼요. 무슨 말인지 아시겠죠? 뭔가 좋기도 한데, 이제 때가 됐구나라는 생각이 들어요. 드디어 말이죠."

"우리는 이 순간을 오랫동안 기다려왔잖아."

"때가 됐어요. 특별한 봄이 될 거예요."

"우리는 이런 날이 올 거란 걸 알고 있었단다."

지칠 때마다 시부모님의 이 흔들림 없는 믿음이 큰 힘이 됐습니다. 저도 해나 아빠도 해나에게 꼭 시부모님과 같은 버팀목이 되고 싶습니다.

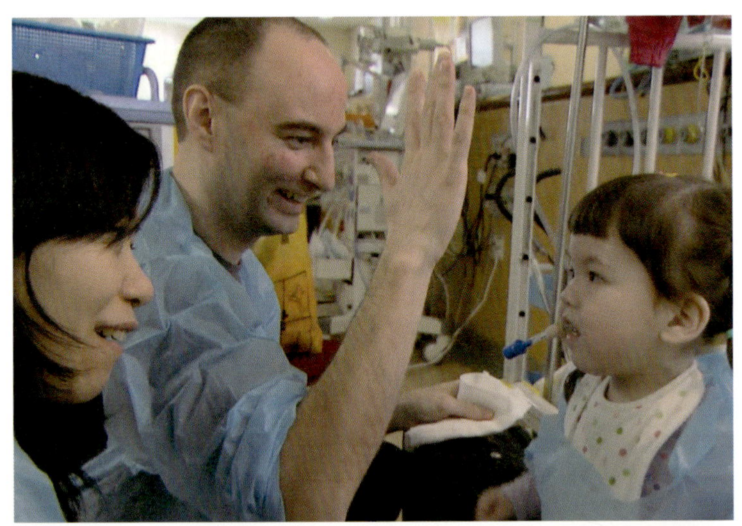

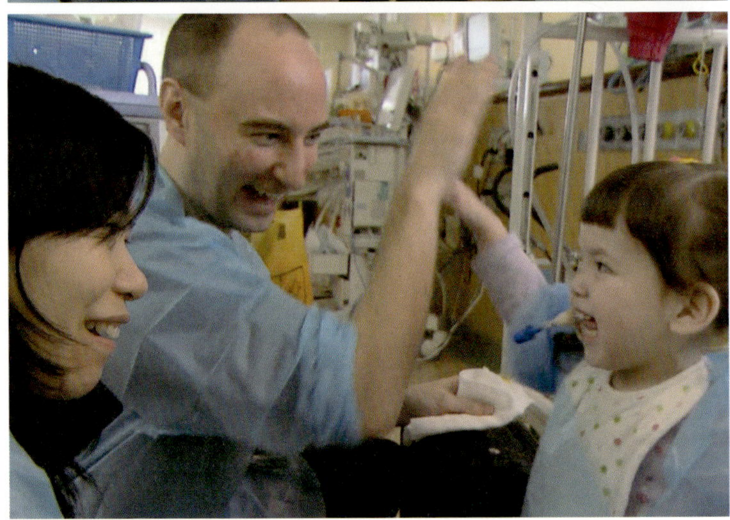

• • •

출국 하루 전날.
아빠와 해나의 승리의 하이파이브.

해나, '진짜 세상'과 호흡하다

다음날 아침, 마침내 미국으로 떠나는 날이 찾아왔습니다. 올 것 같지 않았던, 과연 올까 싶었던 그날이 찾아온 것입니다. 해나는 앰뷸런스를 타고 이동하기 때문에 우리와는 공항에서 만나기로 했습니다. 해나가 난생처음 병원 밖을 나서는 역사적인 순간을 함께할 수 없다니 아쉬웠지만, 해나의 수많은 엄마들, 의사선생님과 간호사선생님 들이 함께해 줄 테니 그것으로 만족하기로 했습니다.

해나의 미국행에 동행해준 주치의 이주영 선생님과 김영신 간호사님을 통해 그날의 이야기를 전해들을 수 있었습니다. 그날 아침, 병원에서는 한바탕 난리가 일어났답니다. 출발시간이 가깝도록 해나의 여행가방을 다 싸지 못하고 있었다는 겁니다. 지금껏 병원을 떠나본 적 없는 해나에게는 열두 시간 이상 비행기를 타고 가는 것 자체가 큰 모험입니다. 교체할 튜브부터 응급상황에 사용할 의료기구까지, 싸야 할 짐이 많다보니 시간이 오래 걸린 모양입니다.

해나도 할 일이 많았습니다. 3년간 동고동락했던 병원 식구들과 인사를 나눠야 했으니까요. 간호사들이 모두 해나 주위에 모여서 사진 찍고, 뽀뽀하고, 포옹하느라 북새통이었다고 합니다. 해나의 사진을 정리해둔 앨범을 보며 눈물을 흘리는 사람도 있었다고요. 힘든 시간 속에서도 해나가 밝게 자란 건 그들이 나눠준 사랑 덕분이었습니다. 그 따뜻한 마음들에 보답하기 위해서라도 해나는 반드시 수술에 성공하고 건강한 모습으로 돌아와야 합니다. 한 간호사가 해나에게 작별인사를 남겼습니다.

"아기 때부터 지금까지 봤기 때문에 정말 딸 같아요. 그래서 이렇게 하루하루 커가는 귀여운 모습을 저희에게 다 보여줘서 너무너무 감사하고, 이렇게 예쁘게 자라줘서 감사하고, 여기서도 정말 많은 사랑을 받았기 때문에 미국 가서도 아주 잘할 수 있을 거라 믿어요. 꼭 수술 잘돼서 우리한테 다시 돌아와줄 거라고 믿어요.”

그녀뿐 아니라 병원 식구 모두가 해나를 딸처럼, 조카처럼 여기고 아꼈습니다. 만약 해나가 없었다면 몰랐을 겁니다. 세상에 이토록 착하고 예쁜 사람들이 많다는 사실을요. 순수한 호의와 선의가 여전히 세상에 가득하다는 사실을요.

그리고 마침내 해나가 병원을 나섰습니다. 해나가 탄 유모차가 병원 문턱을 넘었습니다. 해나가 세상의 공기를 들이마시는 순간입니다. 비록 튜브를 통해서지만, 다음에 돌아올 땐 튜브 없이 코로 들이마실 수 있겠죠.

첫 외출이 설레는지 해나의 기분이 날아갑니다. 유모차에서 당장 일어나기라도 할 것처럼 엉덩이가 들썩입니다. 늘 창문을 통해서만 바라보던 세상에 나와 있으니 얼마나 신기하고 놀라울까요. 이모들의 아쉬움은 아랑곳없이 그저 신이 났습니다.

해나가 이별을 실감한 순간은 앰뷸런스에 타기 직전이었다고 합니다. 매번 창문을 통해 볼 때는 그렇게 신기해하던 자동차인데, 장난감 자동차를 부릉부릉 몰고다니며 좋아하던 아이인데, 이별의 슬픔에 그토록 꿈에 그리던 자동차도 싫어진 모양입니다. 차를 타지 않겠다고 고집을 부리는 통에 의료진이 애를 먹었답니다. 어쩌면 해나에겐 저보다 더 가깝고 친밀한 이모들을 떠나려니 아쉽고 서운한 마음이었겠죠. 다행히 마지막 인사는 환한 웃음으로 나눴답니다. 역시나 그게 해나답습니다.

몇 시간 후, 비행기에 올랐지만 우리는 해나와 함께 있지 못했습니다. 해나는 응급상황에 대비해 의료진과 함께 있었습니다. 동생과 함께 여행을 떠난다며 들떴던 대나는 몹시 서운해했지만, 어쩔 수 없는 일이었습니다. 미국의 병원까지 열여덟 시간의 대장정. 언제 어디서 어떤 상황이 벌어질지 예측할 수 없는 일이었습니다.

비행을 시작하고 고도가 올라가면서 해나는 무척 힘들어했다고 합니다. 대개 비행기를 타면 높아진 고도 때문에 귀가 아파서 아이들이 울음을 터뜨리곤 합니다. 그럴 땐 침을 꿀꺽 삼

키면 먹먹함이 나아지는데, 해나는 침을 삼킬 수 없기 때문에 더욱 힘들었던 모양입니다. 누구도 경험해본 적 없는 상황이었기에, 파울로 박사 역시 한 순간도 긴장을 늦추지 못했답니다. 그들은 비행시간 내내 해나의 곁에서 상태를 체크하느라 의자에 앉지도 못했습니다. 해나가 간신히 잠든 후에도 숨소리는 괜찮은지, 혹시 침이 넘어가지는 않는지를 세심히 살폈습니다. 3년 가까운 시간 동안 늘 그렇게 아이를 보살펴준 사람들…… 저희가 없는 시간 동안 기꺼이 부모의 역할을 맡아준 사람들……

어쩌면 그건 의사와 간호사의 일이니 당연히 해야 할 의무라고 말할지도 모르겠습니다. 하지만 저는 압니다. 그들에게 해나의 간호는 단순한 일 이상의 무엇이었다는 사실을요. 해나가 위험에 빠진 순간마다 저희만큼 걱정하고 속상해하던 그들의 모습을, 해나의 미국 수술이 결정됐을 때 저희보다 더 기뻐하고 환호하던 그들의 모습을 봤으니까요. 그런 그들이 없었다면 해나가 이렇게 잘 자라 미국에서 수술까지 받을 수 있었을까, 생각하면 이 은혜를 모두 어찌 갚을지 걱정입니다. 해나에게 위험했던 비행도 그들이 있었기에 무사히 마칠 수 있었습니다.

그리고 몇 시간 뒤, 우리는 미국 중서부 일리노이주의 작은 도시, 피오리아에 도착했습니다. 시카고 공항으로부터 세 시간을 더 달려야 도착하는 이곳에 해나가 가야 할 병원이 있습니다. 성프랜시스병원 내의 일리노이아동병원. 아이들을 위한 의료시설로는 미국 내에서도 큰 규모로 알려져 있습니다. 바로 이곳 재단에서 10억 원이 넘는 해나의 수술비를 전액 지원해주기로 한 것입니다. 모두가 마크 박사의 노력으로 이뤄진 일이었습니다.

병원이 시카고에서 세 시간이나 떨어진 작은 도시에 위치해 있다고 처음 들었을 때는 다소 걱정되기도 했습니다. 시골에 있는 병원이라니, 규모나 시설이 도시에 비해 부족하지 않을까 하는 생각 때문이었습니다. 그런데 막상 와보니 기대 이상의 환경에 깜짝 놀라고 말았습니다. 해나만을 위한 단독 병실은 넓고 깔끔하고 쾌적했고, 병실 내부에 화장실까지 갖춰져 있었습니다. 이제 해나와 작별할 필요 없이 여기서 함께 생활할 수 있었습니다. 돌봐줄 전담 간호사도 두 명이나 배치됐습니다.

한 가지 놀라운 사실은, 해나가 입원하게 된 소아중환자실 병동이 해나가 태어나기 이틀 전인 2010년 8월 20일에 개원했다는 것입니다. 부모인 저희 생각으로는, 마치 해나가 오기를 기다리며 준비를 한 건가 싶었습니다. 그만큼 기뻤던 거겠죠.

해나가 수술을 마치고 집으로 돌아갈 때까지 필요한 시간은 적어도 10주. 병원에서는 저희가 머물 숙소까지 마련해줬습니다. 병원에 근무하는 간호사의 여동생 집을 무료로 빌려준 것입니다. 그동안 모아둔 저금과 기부금은 의료진과 우리 가족의 항공료로 지불하고 나니 별로 남지 않았습니다. 도움이 없었으면 막막했을 일입니다. 참 많은 분이 물심양면으로 정말 많이 도와주셨습니다. 어찌 보면 병원에서는 자선활동에 불과한 일인데, 수술만 신경쓰기에도 여력이 없을 텐데, 이토록 마음을 써서 준비해준 병원에 감사하고 또 감동할 수밖에 없었습니다.

　　그래도 해나에게는 낯선, 이국의 병원. 건물로 들어서면서부터 울음을 터뜨린 해나는 좀처럼 기분이 나아지지 않았습니다. 며칠 동안 해나는 굉장히 우울해 있었고, 위축된 채로 지내야 했습니다. 모두 모르는 얼굴들인 것도 어색한데, 특히나 수많은 외국인들이 낯설었던 모양입니다. 외국인 간호사가 들어오면 해나는 계속 저희에게 눈짓을 보냈습니다. 내보내라는 표시입니다. 그러다 김영신 선생님이나 이주영 선생님을 보면 반가움과 서러움이 솟구치는지 입을 삐죽삐죽하며 울 준비를 했습니다.

　　한번은 저희가 식사를 하러 나가는데, 해나가 옷을 붙잡고 늘어졌습니다. 처음 있는 일이었습니다. 매번 웃는 얼굴로 저희를 배웅했던 해나가 잠시의 떨어짐에도 불안해하고, 울며 매달리는 것이었습니다. 처음엔 이곳이 계속 낯설어서 그런가보다 생각했는데, 아니었습니다. 해나가 이별을 알아버린 것입니다. 태어나서부터 3년을 같이한 한국의 간호사 이모들과 헤어져 미국으로 온 후, 지금 작별하면 오랫동안 못 볼 수도 있다는 사실을 처음 깨달은 모양입니다. 그동안은 간호사들이 저녁에 퇴근해도 다음날 아침 다시 출근하고, 저희가 집으로 돌아가도 다시 면회를 왔기에, 이토록 오랫동안 누군가를 못 본 일이 없었던 것입니다.

"괜찮아, 해나야. 잠깐만 나갔다 금방 올 거야. 조금만 기다리면 돼."

애써 아이를 달래는데, 해나가 도통 말을 듣지 않습니다. 계속 자신을 데려가달라고 떼를 쓰더니, 갑자기 두 손을 모읍니다. 부탁한다는 표현입니다. 병원에서 부탁을 할 때는 정중히 두 손을 모으는 제스처를 하라고 배웠던 것입니다.

"안 돼. 해나는 못 나가. 우리 예쁜 해나, 어디 갔지? 왜 미운 해나만 있어?"

아무래도 해나가 쉽게 놓아주지 않을 것 같아, 선생님들이라도 식사를 하게 하려고 먼저 내보내려는데, 갑자기 해나가 두 손을 비벼댑니다. 그런 손짓은 누구도 가르쳐준 적이 없는데, 떨어지기 싫은 마음이 너무 간절해 나온 행동인 것 같습니다.

순간, 저도 간호사도 터져나오는 울음을 주체할 수 없었습니다. 그 모습이 잘못했다고 비는 모습이랑 닮아서 마음이 아팠습니다. 해나가 이별의 슬픔을 알아버린 것이 안쓰러워 속상했습니다.

결국 해나가 잠들 때까지 기다리기로 했습니다. 점심을 먹고 나면 해나가 낮잠을 자기에, 그 틈을 타 식사를 하러 가기로 한 것입니다. 그런데 해나가 눈치챘는지 밀려오는 졸음을 꾹 참으며 연신 눈을 깜빡입니다. 조금만 움직여도 바로 손을 잡고 어디 가는 것인지 확인을 합니다. 이별이 그토록 싫은 걸까요. 그토록 무서운 걸까요. 해나에게 차마 말하지 못하고 마음속으로만 되뇌었습니다.

'해나야, 이별이 아프니? 그렇게 무섭니? 소중한 사람을 보지 못할까봐 겁이 나는 거니? 그렇다면 꼭 수술에 성공해야 돼. 아무리 힘들어도 이겨내야 돼. 그래서 우리 꼭 다시 만나야 해. 네가 그렇게 싫은 이별을 하지 않으려면, 꼭 살아줘야 해. 알았지?'

병원에서는 대나를 위한 배려 또한 잊지 않았습니다. 병원에 있는 유치원에 무료로 다닐 수 있게 됐습니다. 그런데 한국에서 태어나고 자란 대나는 영어를 잘 못해 수업을 제대로 따라갈 수 있을지 걱정이 됐습니다. 하지만 괜한 걱정이었습니다. 대나는 선생님의 이야기를 잘 알아듣고 수업에도 척척 참여합니다. 예쁘고 기특한 대나. 아픈 해나 때문에 제대로 신경을 써주지 못한 적이 많았는데, 고맙고 미안합니다.

우리 해나도 비슷한 걸 경험할 수 있었으면 좋겠습니다. 해나도 저렇게 할 수 있다면…… 이곳에서의 수술만 성공한다면 틀림없이 해나도 그럴 수 있을 것입니다.

다행히 해나는 장거리 여행의 후유증 없이 컨디션을 잘 회복하고 있었습니다. 외국인 의사와 간호사에게도 조금씩 마음을 열기 시작했습니다. 무엇보다 우리는 많은 시간을 함께 보내고 있었습니다. 이제 밤에도 해나를 혼자 두고 가지 않고 병실에서 잠을 청합니다. 자다가 깬 해나는 소파에서 자고 있는 저를 부르기 위해 손뼉을 칩니다. 저희만의 신호도 생긴 것입니다. 해나가 손뼉을 치면 저는 벌떡 일어나 손을 잡아줍니다. 너무

졸릴 때는 비좁은 침대 위로 올라가 같이 잠을 청하기도 했답니다. 해나와 함께 마주보며 한 침대에서 잠든 날, 우리의 첫날밤이었습니다. 큰딸 대나와는 수없이 해본 일, 여느 엄마라면 누구나 한 번쯤은 해봤음직한 일인데 저와 해나는 34개월이란 시간이 걸려서야 같은 밤을 공유할 수 있는 시간이 주어졌습니다.

마주보고 누워 서로의 눈을 아무 말 없이 쳐다보는데, 짧은 순간 참 여러 생각들이 지나갑니다. 그러다 해나가 신기한지 제 볼을 만져도 보고 살짝 쓰다듬어도 봅니다. 그런 해나의 손길에 엄마는 하염없이 눈물이 주르륵 주르륵 흐릅니다. 해나의 그 맑고 깊은 눈망울이 엄마에게 또 말을 합니다.

'엄마, 걱정 마. 해나가 있잖아.'

늘 엄마를 위로하는 대견함이 그날 밤은 밉기만 했습니다. 엄마 품에서 응석 좀 부려주지, 라는 마음이었던 것 같습니다.

해나의 미국 병실.
기대 이상의 배려에 감격스러웠다.

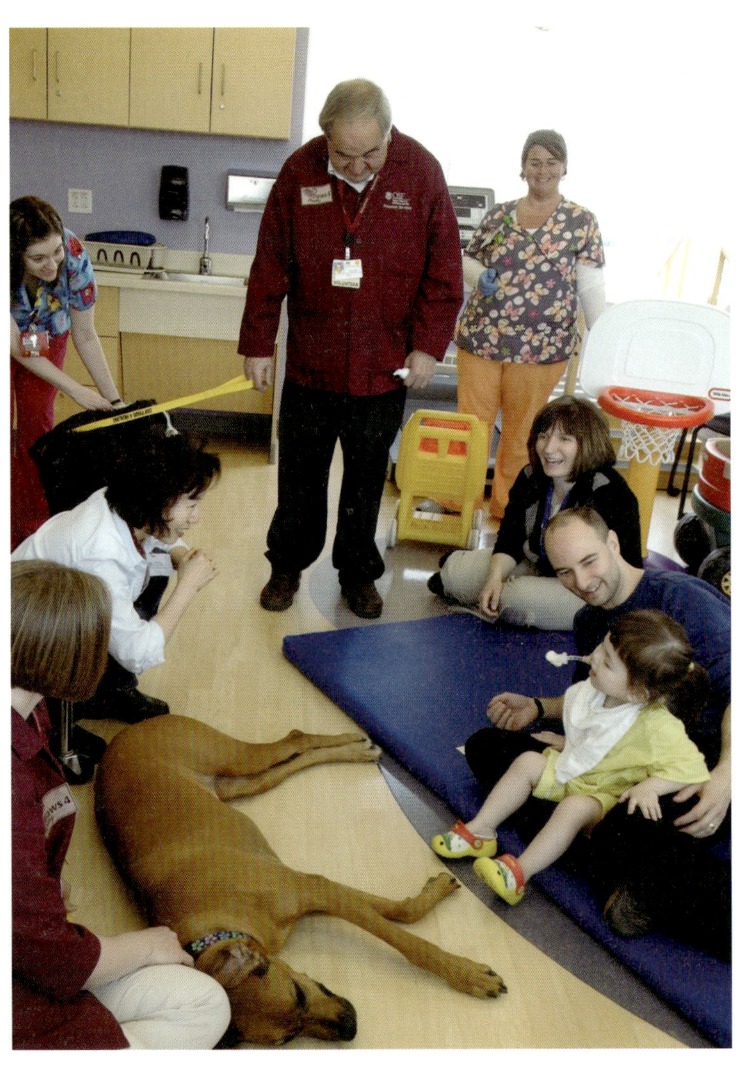

처음엔 낯설어하던 해나도 병원의 살뜰한 배려에
금방 마음의 문을 열었다.

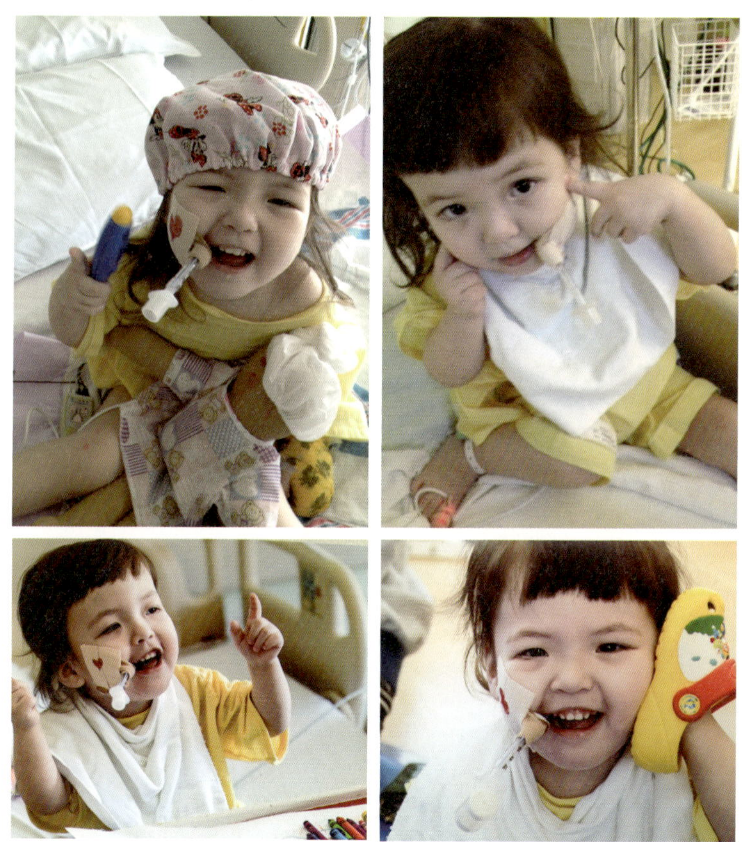

다시 평소의 활기를 찾은 해나.

미국 병원에서 선물해준 해나의 손과 발 프린팅.

해나에게 생긴 또다른 부모

며칠 뒤, 시카고 공항에 반가운 손님이 도착했습니다. 해나의 할아버지 할머니. 두 분은 우리와 함께 있기 위해 아예 50일의 휴가를 내고 오셨습니다. 시카고에서 피오리아까지는 차로 세 시간, 공항에 도착하셨다는 소식을 듣고 우리의 마음도 바빠졌습니다.

"하지 말라는 것만 더 해. 청개구리 해나양!"

머리도 곱게 묶고, 예쁜 옷도 입히고, 처음 만나는 할아버지

할머니에게 가장 사랑스러운 모습을 보여주고 싶은데 해나가
계속 장난을 칩니다. 해나 아빠는 아빠대로 들떠서 병실을 왔
다갔다 정신이 없습니다. 해나가 태어난 뒤로 한 번도 뵙지 못
한 부모님이니 오죽할까요. 오늘은 아빠가 해나보다 더 어린
아이가 된 것 같습니다.

"해나, 아빠 운다~"

"나 아직 안 우는데…… 아직이야."

"아직이래~ 좀 이따가는 울 건가봐."

해나를 단장시키랴 남편을 놀리랴, 바쁘게 시간을 보내는 사
이, 어느새 시부모님이 도착했습니다. 남편이 와락, 어머니에
게 안깁니다. 저도 포옹을 나눴습니다. 이 따뜻한 품이 참 그리
웠습니다. 그리고 마침내 해나와 할머니의 첫인사.

"안녕, 해나야. 할머니란다. 예쁘구나."

처음 만나는 할아버지 할머니의 모습에 울음이라도 터뜨려
두 분을 서운하게 만들지나 않을까 걱정했는데, 다행히 해나도
할아버지 할머니를 본능적으로 알아챈 모양입니다.

"내니, 파피, 뽀뽀해줘봐. 뽀뽀."

"쪽."

"정말 예쁘구나. 사랑한다, 베이비."

수술이 가까워지면서 우리의 선택이 정말 맞는 건지, 혹시 잘못된 선택은 아닌지 불안하기도 했습니다. 하지만 이렇게 부모님이 곁에 계시기만 하면 어떤 힘겨운 싸움도 할 수 있을 것 같다는 생각이 들었습니다. 함께 있는 것만으로도 힘이 되는, 우리는 가족……

어머니 역시 감격스러운 듯 눈물을 훔치며 말문을 열었습니다.

"뭐라고 설명할 길이 없구나. 너무 벅차. 진짜 어떤 단어도 지금 내 심정을 설명해주지는 못할 거야. 해나를 보기 위해 너무 오랜 시간을 기다려왔으니까."

해나를 보여드릴 수 있어서, 만나게 해드릴 수 있어서 저 역시 벅찼습니다. 앞으로는 더 많이, 더 오래 보여드릴 수 있었으면 좋겠다는 생각이 피어올랐습니다.

그리고 해나의 수술이 하루 앞으로 다가온 날, 병실에 해나를 사랑하고 아껴온 모두가 함께 모였습니다. 파울로 박사, 마크 박사, 린지 손 간호사, 할아버지, 할머니…… 어머니의 뜻이

었습니다. 혹시라도, 정말 혹시라도 모를 불행에 대비해서 해나에게 세례식을 하기로 했습니다. 린지 손 간호사가 대모가 되어주고, 마크 박사가 대부가 되어주었습니다. 두 분은 그럴 만한 충분한 사랑을 주셨으니까요. 본래 두 분은 시카고에 있는 병원에서 함께 근무하긴 했지만, 얼굴만 알고 지내는 사이 정도였다고 합니다. 그러다 린지 선생님이 해나를 치료하기 위해 마크 박사님께 부탁을 했고, 한국을 방문해 해나를 직접 만난 후 박사님은 꼭 돕고 싶다는 결심을 하게 되었답니다. 그 무렵 박사님은 현재 해나를 치료해주는 성프랜시스병원으로 이직을 하게 되고 그렇게 해나를 살리고자 하는 프로젝트가 시작되었습니다.

이제 막 근무를 하게 된 의사가 미국 아이도 아닌 한국 아이를, 그것도 듣도 보도 못 한 줄기세포란 치료법으로 고쳐보자하니 병원에서 반발도 많았다고 합니다. 나중에 무료 치료가 결정되었을 때도 10억이란 돈이면 수십 명 아이의 생명을 살릴 수 있는데 왜 굳이 한 아이만을 위해 그 큰돈을 지출해야 하냐며 반박하고 나서는 사람들도 있었답니다. 병원과도 또 FDA와도 정말 많이 부딪히며 싸워가며 힘든 시간을 보내면서도 마크 박사님은 내색 한 번 없이 오히려 저희가 긴 기다림에 지칠까 염려해주었습니다. 그런 분들이니 해나의 대부 대모로는 충분한, 아니 차고 넘치는 분들이죠.

신부님이 기도를 시작했습니다.

"저희와 함께 해주시옵소서. 저희 아이인 해나를 위해서 말입니다. 주님, 자비를 베푸소서. 그리스도님, 자비를 베푸소서. 죄를 사하여주시는 것과 몸이 다시 사는 것과 같이…… 아버지와 아들과 성령의 이름으로. 아멘."

이 순간을 해나와 함께 웃으며 기억하게 되기를…… 세례를 받고 두 장의 사진을 찍었습니다. 한 장은 활짝 웃는 해나의 사진, 그리고 또하나는 해나를 사랑하는 우리 모두가 함께한 사진이었습니다.

말은 통하지 않지만, 전달된 온기로 해나도 느꼈을 것이다.
대부와 대모의 사랑을……

해나를 아끼고 사랑하는 모든 사람들이
한자리에 모였다.

2013년 4월 9일 아침, 아직 여명도 밝아오지 않은 시각, 해나의 수술 준비가 시작됐습니다. 마침내 오랜 기다림이 결실을 맺는 순간이 온 것입니다. 세계 최초로 기도 전체를 줄기세포로 이식하는 수술에 미국의 언론들도 깊은 관심을 보였습니다. 수술 상황을 중계할 모니터룸에 카메라와 기자 들이 북적입니다.

해나의 줄기세포 배양은 이미 일주일 전에 시작됐습니다. '해나의 카바나'로 이름을 붙이고 실험실을 설치한 지 10개월 만의 일입니다. 마크 박사가 파울로 박사에게 메일을 보내고 해나가 이곳 병원에 오기까지 정말 많은 사람들이 뜻을 모았기에 가능한 일이었습니다. 해나의 줄기세포 배양에 핵심적인 요람이 되는 시설은 그 비용만도 50만 달러. 그런데 제조업체에서 1년간 무료로 대여해주었습니다. 해나의 골수에서 채취한 줄기세포를 나노섬유로 만든 파이프에 배양해서 인공기도를 만드는 것인데 그야말로 최첨단의 의학기술입니다.

48시간 동안 배양한 인공기도 결과는 성공이었습니다. 이제 해나의 몸은 같은 줄기세포를 가진 인공기도를 자신의 일부로 받아들여서 면역 억제 없이 이식을 할 수 있게 될 것입니다. 파울로 박사는 이 분야에 관한 한 세계에서 유일한 권위자이지만 어떤 대가도 받지 않고 이 수술에 참여해주었습니다. 그가 말했습니다.

"저는 아이들을 수술할 때 돈이나 사례비를 받은 적이 한 번도 없어요. 그런 건 생각해본 적도 없어요."

이런 그이기에 저는 더욱 안심할 수 있었습니다. 아이들을 사랑할 줄 아는 사람, 자신이 취할 이익보다 아이의 건강을 먼저 생각하는 사람, 그런 의사니까 분명 최선을 다해 수술을 해줄 거라고 믿었습니다.

수술 예상시간은 아홉 시간 이상. 모두에게 긴 하루가 될 것입니다. 우리가 같이 갈 수 없는 길에 대부인 마크 박사가 동행해주었습니다. 또다시 수술대에 눕혀진 해나…… 이제 입에서 튜브를 빼고 이 수술실을 나오게 될까요. 이번 수술은 줄기세포를 이용한 인공기도 이식 중에서도 가장 까다롭고 위험한 수술인 만큼 의료진도 그 어느 때보다 심혈을 기울였습니다.

며칠 전에도 이미 파울로 박사가 수술팀과 간호사팀을 소집해 회의를 진행했습니다.

"이 수술의 위험성은 굉장히 높습니다. 오히려 제가 보기에는 수술의 위험성 자체가 이식보다 더 높은 것 같습니다. 비인두, 식도, 기도를 비롯해 상대정맥 폐색, 뇌 혈액 공급 문제 등등 여러 가지가 복합적으로 작용하기 때문입니다."

해나는 기도가 없을 뿐 아니라 기관지 주변 혈관이 기형적으로 위치해 있습니다. 그것이 자칫 수술중 뇌사를 일으킬 수 있는 위험 요소인 것입니다. 수술은 바로 그 위험 요소, 기관지 주변의 혈관 기형을 바로잡는 것부터 진행됐습니다. 자칫 혈관이 잘못되면 인공기도는 이식해보지도 못할 일이기에, 모니터룸에서조차 모두가 숨을 죽이고 수술을 지켜봤습니다.

저희 역시 숨조차 쉴 수 없을 만큼 긴장되었습니다. 잘될 거라고, 모두가 이렇게 힘을 모았으니 실패할 리 없다고 생각하면서도 밀려드는 두려움을 떨쳐내기가 쉽지 않았습니다. '제발, 제발.' 제 간절한 기도가 하늘에 가 닿기를, 제 절절한 응원이 해나에게 전해지기를…… 간곡한 마음을 담아 기도했습니다.

오후 네시. 드디어 인공기도가 수술실로 옮겨졌습니다. 그 긴 시간을 해나는 잘 견뎌주고 있었습니다. 수술 전 자세히 설명해준 덕분인 걸까요. 누구보다 힘든 싸움을 해야 하는 해나를 위한 따뜻한 배려로, 병원 측은 수술의 전 과정과 결과를 사진과 그림으로 엮은 동화책을 수술 전에 선물해주었습니다.

"저는 튜브를 빼려고 특별한 방으로 들어가게 될 거예요. 엄마 아빠가 저를 데려다줄 거예요. 튜브를 빼면 이제 코로 숨을 쉴 수 있어요~"

재미난 동화책을 읽듯 수술에 대해 설명해주었습니다. 해나가 온전히 이해했는지는 알 수 없지만, 어렴풋이라도 알았겠죠. 이 힘든 시간을 견디고 나면 자신도 보통의 아이들처럼 코로 숨쉬고, 입으로 먹을 수 있다는 사실을요. 더이상 침을 뱉어내지 않고 삼킬 수 있으며, 다른 아이들이 먹는 것을 쳐다만 보던 그 음식들을 먹을 수 있다는 사실을요. 그 기대와 희망으로 해나는 열심히 견뎌주고 있었습니다.

그리고 마침내 해나의 골수에서 채취한 줄기세포를 배양해서 만든 인공기도가, 비어 있던 7센티미터의 기도 자리 전체에 채워졌습니다. 이제 해나도 숨을 쉴 수 있는 기도를 갖게 된 것입니다.

비로소 열두 시간의 수술이 끝났습니다. 침대에 누워 밖으로 나오는 해나. 그런데, 정말 해나의 입에 튜브가 없습니다. 수술은 대성공이었습니다. 수술의 영향 때문인지 얼굴은 퉁퉁 부었지만, 정말 너무너무 예쁜 얼굴이었습니다. 수술이 끝나고 기자 회견이 열렸습니다. 파울로 박사가 수술 경과를 설명했습니다.

"좀 있으면 해나는 처음으로 입으로 먹을 수도 마실 수도 있고 냄새를 맡고 맛을 볼 수도 있을 거예요. 아이한테는 정말 대단한 일이죠."

정말 그렇게 될까요. 정말 해나가 냄새도 맡고 맛도 느낄 수 있는 기적이 일어날까요. 무사히 수술을 마쳤다는 안도감과 동시에, 새로운 기대와 희망이 피어올랐습니다. 예전엔 감히 꿈꿀 수도, 상상할 수도 없던 그림들이 눈앞에 펼쳐졌습니다. 그저 해나가 살아가는 것만으로도 감사했던 시간들도 있었는데, 이제는 해나가 만들어갈 미래들을 꿈꿀 수 있게 되었습니다.

'내일'을 기대하기엔 '오늘'이 너무 버거웠던 아이, '미래'를 그리기엔 '현재'도 불안했던 아이…… 하지만 정말 많은 사람들의 도움과 사랑, 응원으로 해나가 '꿈'을 가질 수 있게 되었습니다. 살아내는 일만으로도 힘들었던 해나에게 배워야 할 것, 배우고 싶은 것, 하고 싶은 일, 되고 싶은 것을 꿈꿀 수 있는 기적이 선물된 겁니다. 물론, 좀더 오랜 시간들이 필요하겠지만 기대를 품을 수 있다는 사실만으로도 행복한 하루였습니다.

해나의 카바나.
실험실 문에 해나의 사진이 붙어 있다.

해나, 코로 숨쉬다, 입으로 먹다!

　　그리고 닷새 후, 어머니와 저는 열심히 말을 걸어보지만 해나는 답이 없습니다. 해나에게 여전히 마취제를 투여해서 잠을 재우고 있습니다. 파울로 박사는 3일만 수면 상태로 두면 될 거라고 했지만 예후가 좋지 않았습니다.

　　"할머니, 손을 잡으렴. 할머니, 손가락 잡아보렴."

　　아무 반응이 없는 해나. 수술 후 48시간 동안은 매우 조심스럽고 긴장한 상태였습니다. 왜냐하면 이런 종류의 이식수술이 잘못되는 일이 그 시간대에 가장 많기 때문입니다. 그래서 지쳐 있었고, 미래에 대해서 초조한 상태였습니다. 하지만 겪어온 34개월이라는 시간 동안 해나가 저희한테, 또 많은 사람한테 보여줬던 크고 작은 기적의 순간들이 있었기에, 그것을 밑바탕으로 저희에겐 해나에 대한 굳건한 믿음이 있었습니다. 해나니까, 분명 해나니까 잘 이겨낼 거라는.

어느새 3주가 흘렀습니다. 피오리아에도 봄이 오니 벚꽃이 피고 민들레가 피었습니다.

"이놈의 줄 얼른 다 떼버려야지. 그치? 해나 줄 다 떼야지. 그래야 우리 밖에 나가지."

여전히 해나 몸을 휘감고 있는 수많은 선들. 하지만 해나는 깨어났고, 회복중에 있습니다.

"린지 선생님 어디 있어?"

'저기~' (해나가 손가락으로 병실 밖을 가리킵니다.)

"밖에 계시지? 그치? 파 선생님은 어디 있어?"

'저기~' (해나가 또 한 번 손가락으로 병실 밖을 가리킵니다.)

해나는 이제 제 말에 반응을 합니다. 가끔 해나는 숨쉬는 걸 힘들어했고 감염하고도 싸우고 있습니다. 그렇게 좋아 보이지도 괜찮아 보이지도 않았고 자신을 만지는 것조차 싫어했습니다. 그런 모습은 처음이라 걱정이 되기도 했습니다. 수술 이후에도 오랜 싸움이 될 거란 것은 알았지만, 그래도 수술을 받고 나면 뭔가 엄청난 변화가 있을 줄 알았는데…… 튜브가 사라진 것을 빼면 여전히 아픈 해나의 모습에 속이 상했습니다. 해나를 믿는다고, 희망을 갖고 기다린다고 해놓고 어쩔 수 없이 조급해지는 걸 보면 저는 참 부족한 엄마입니다.

그런 엄마가 부끄럽게, 해나는 천천히, 하지만 조금씩 분명하게 나아지고 있었습니다. 간호사가 들어와서 "해나야, 손잡아도 돼?"라고 묻자 나가라는 손짓을 했습니다. 예전처럼 의사 표현을 시작하면서 이제 서서히 해나다운 모습으로 변해가고 있구나, 조금씩 나아지고 있구나 하고 느꼈습니다.

해나는 여전히 수시로 석션을 해야 하지만, 입에 튜브를 넣지는 않습니다. 아직 여러 기계와 약의 도움을 받지만 코와 기

도로 숨을 쉬는 데 적응해가고 있는 것입니다. 숨을 쉴 때마다 해나의 코가 벌름거리는 것이 보입니다. 전에는 볼 수 없었던 모습이 신기하고 놀랍기만 합니다.

그리고 마침내 해나가 음식을 맛볼 순간이 됐습니다. 냄새도 맡지 못하고 맛도 볼 수 없었던 해나인데, 이 경험을 어떻게 받아들일까요. 한 번도 먹어보지 못했기에 음식에 거부감을 갖지는 않을까요. 걱정 반, 기대 반으로 해나에게 사탕 하나를 건넸습니다. 해나가 코를 킁킁댑니다.

"냄새 많이 좋아?"

"그거 좋아해?"

예전엔 코에 가져다 대도 냄새를 맡을 수 없었는데, 지금은 느껴지는 모양입니다. 신기한지 코에서 사탕을 떼지 않습니다. 그리고 용기를 냈는지 조심스럽게 입에 가져다 댑니다. 혀가 살짝, 낼름 사탕을 스치고 지나갑니다.

"맛있어?"

해나가 고개를 끄덕입니다. 맛이 느껴지나봅니다.

"해나 맛이 어때, 맛이? 맛있어?"

해나가 엄지손가락을 치켜듭니다. 맛있다는 표현입니다.

"굿? 너무너무 맛있어? 한 번 더 먹어봐."

정말 기적 같습니다. 아무리 보고 있어도 놀랍기만 합니다. 코로 숨쉬고 입으로 먹는 이 당연한 모습을 갖기가 왜 그렇게 힘들었는지…… 이대로라면 머지않아 집으로 돌아가 네 식구가 함께 밥상을 마주할 수 있을 것만 같습니다.

"좋아? 해나 빨리 이제 집에 가서 사탕도 먹고 아이스크림도 먹고. 해나 아이스크림 어떤 건지 알아? 아주 차갑고 달콤하고 부드러운 거야. 아이스크림도 먹어보고 너무너무 좋겠다. 그치? 또 뭐 먹을까?"

'전부, 전부 다~' (해나가 고개를 끄덕입니다.)

"다 먹을 수 있겠어? 진짜?"

며칠 뒤 병실을 찾은 의사선생님이 해나의 상태를 설명해주셨습니다.

"해나의 침들이 복부까지 다 내려가고 있어요. 그 말은, 다음 주부터 저희가 해나에게 마시는 방법을 알려줘도 된다는 것을 의미해요. 그리고 해나에게 삼키는 법을 가르치고, 부드러운 음식부터 시작해서 먹는 법을 가르칠 수 있을 거예요. 그리고 점차 다른 음식도 먹을 수 있을 거고, 김치도 먹을 수 있을 거예요."

해나에 대해서 바라는 건 없습니다. 지금까지 이 아이가 혼자서 너무나 험난한 시간을 많이 겪어왔고 또 그런 걸 다 이겨내왔기에, 앞으로도 해나는 어떤 상황이 와도 다 잘 헤쳐나갈 수 있을 거라고 저는 그렇게 믿습니다. 바라는 건 한 가지. 그냥 해나가 행복했으면 좋겠습니다. 해나가 행복하면 저희 가족 모두가 행복할 수 있을 것 같습니다.

해나가 집으로 돌아가기까지는 아직도 긴 싸움이 기다리고 있습니다. 하지만 해나가 희망입니다. 해나니까 또 할 수 있을 겁니다.

나의 천사, 해나 파이팅!

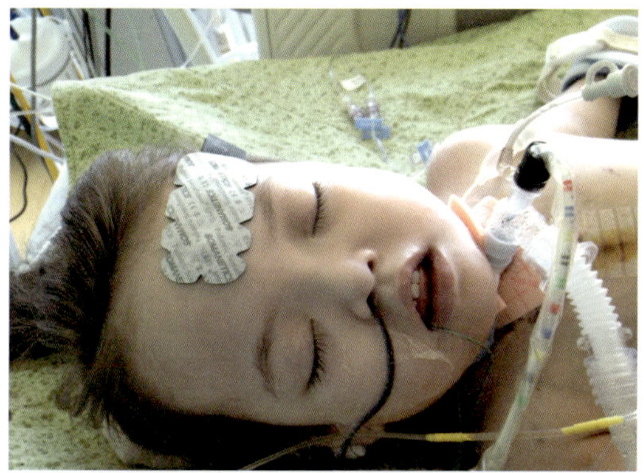

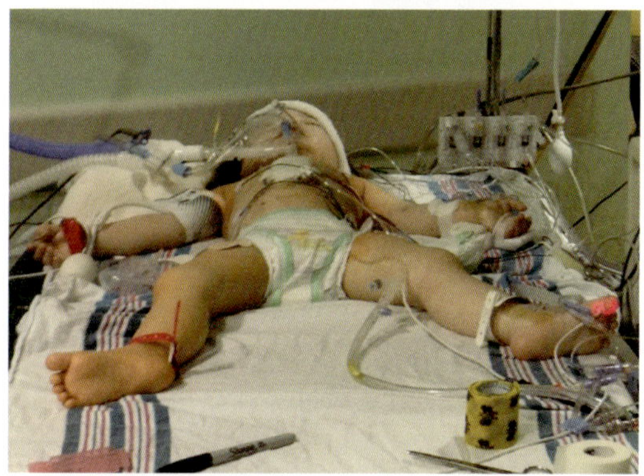

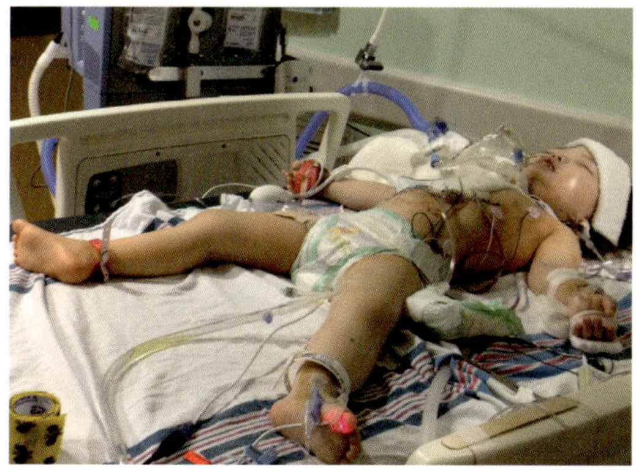

수술을 마치고
해나는 한동안 잠만 잤다.

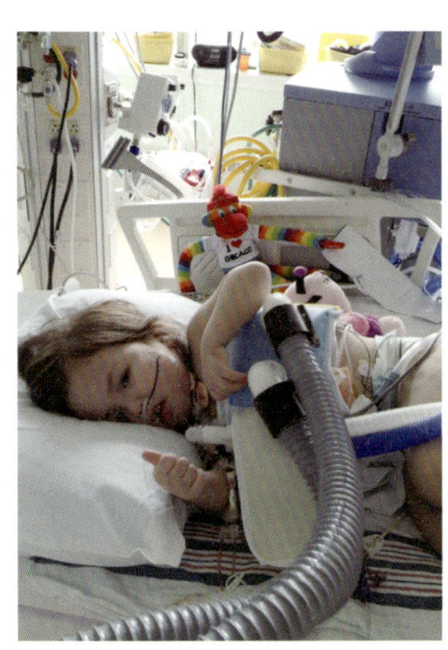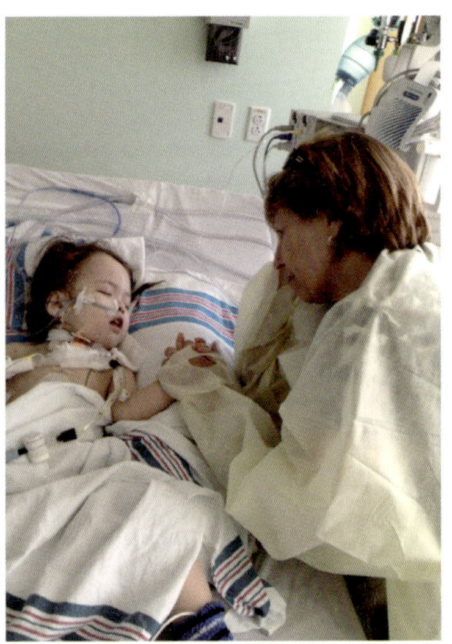

며칠이 지나서야 깨어났지만,
통증이 심한 듯 괴로워했다.
몸에 조금만 손이 닿아도 싫어했다.

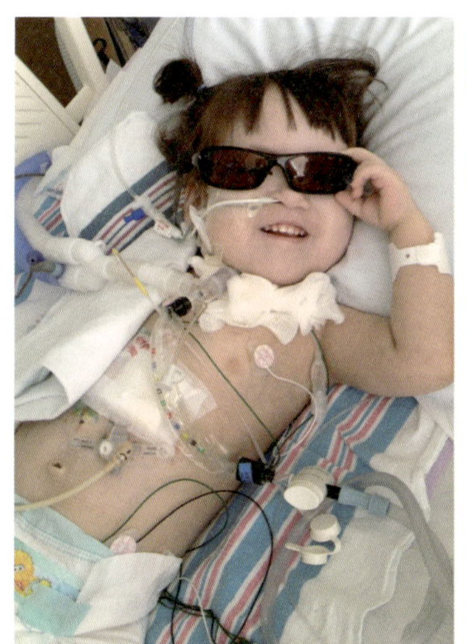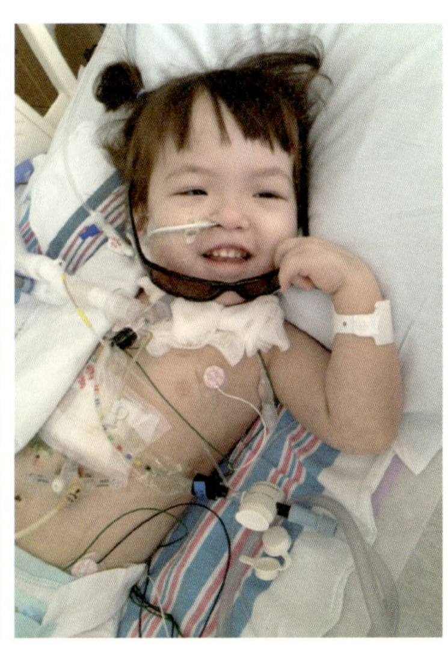

몇 주가 지난 뒤에야,
다시 평소의 해나로 돌아왔다.

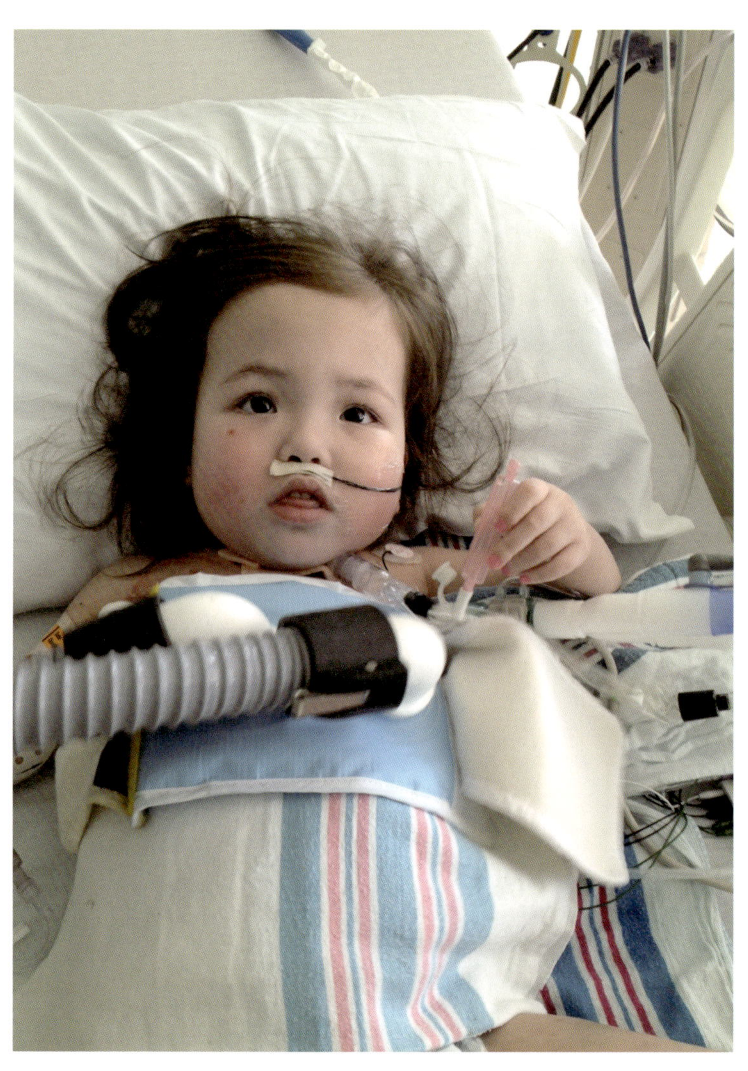

튜브가 없는 해나의 얼굴은
봐도봐도 신기했다.

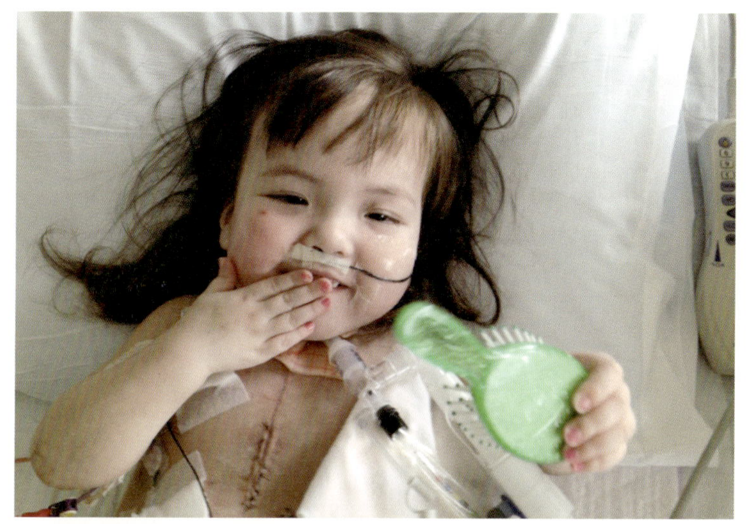

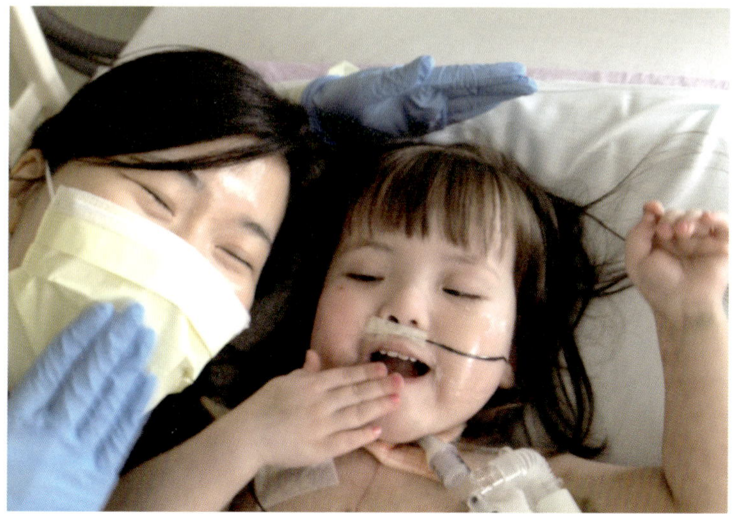

다시 미소를 되찾은 해나.

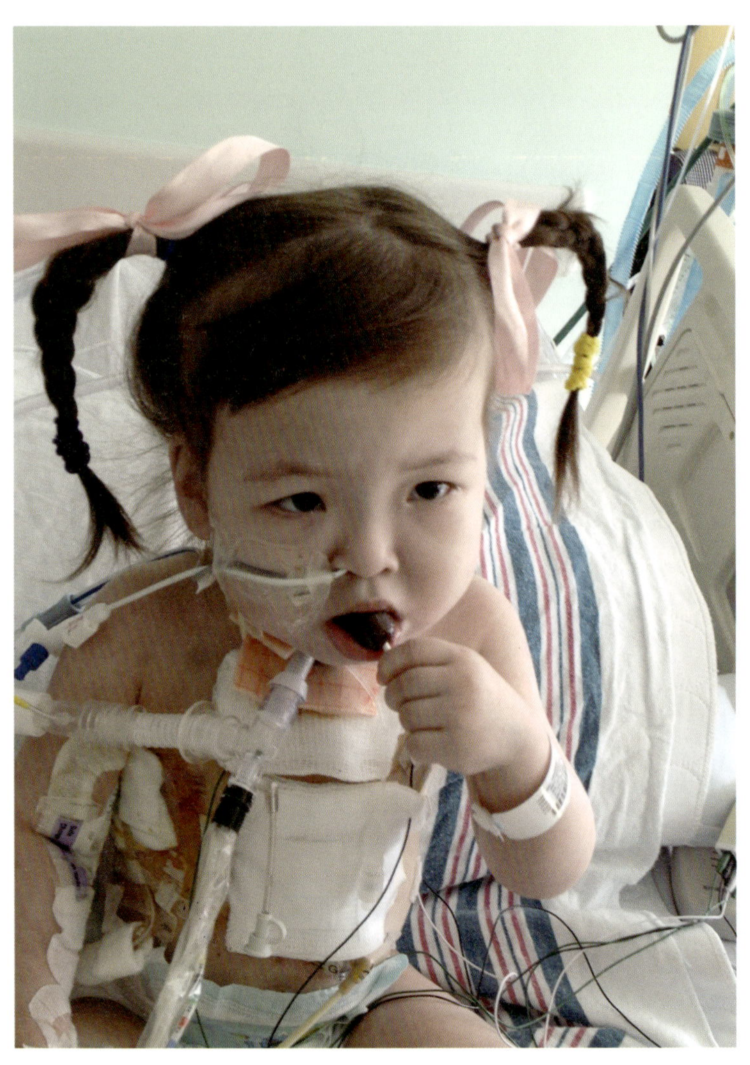

다른 음식도 먹고 싶다고
조르기 시작했다.

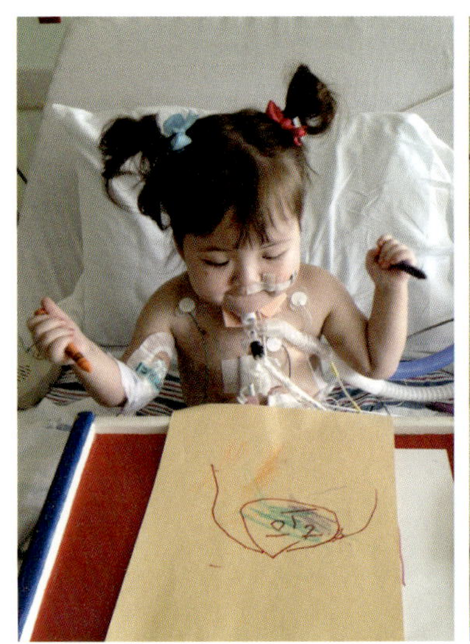 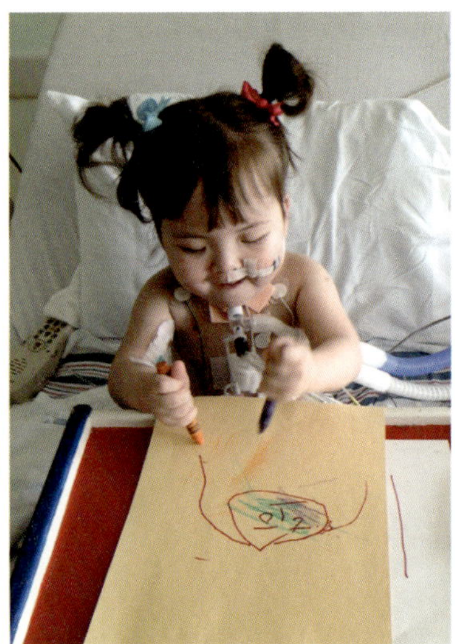

이 책을 준비하면서
해나에게 편지를 써달라고 했다.

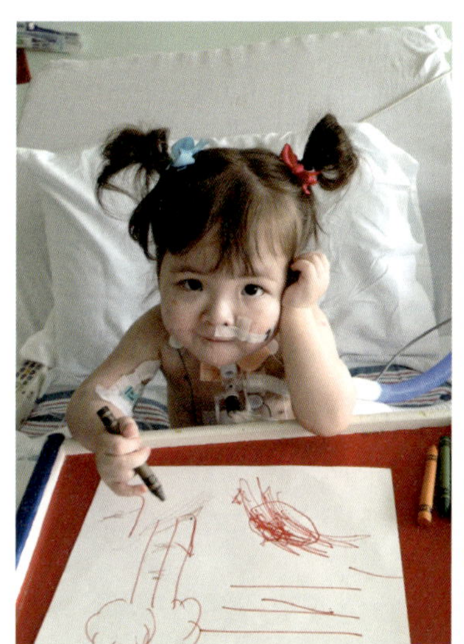 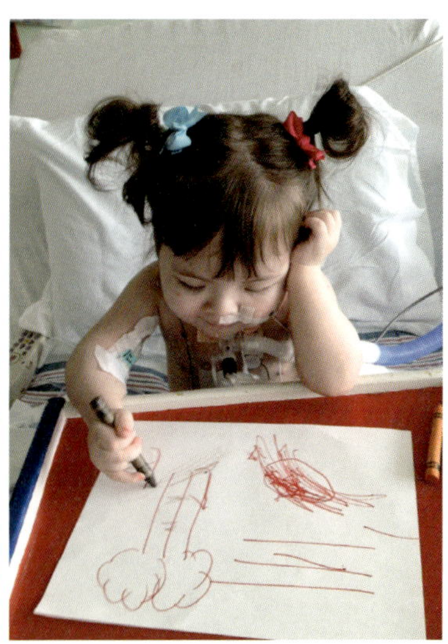

한국에서 해나를 응원하는 모든 사람들에게
해나가 전하는 감사.

외할머니가 해나에게

아가, 아이고, 우리 아가. 할미다. 할미야.

할미가 너 때문에 얼마나 속을 끓였는지 알까 모르겠다. 가슴이 무너지는 것 같아 앞이 안 보였지. 네가 너무 불쌍해가지고, 정말로 불쌍해서…… 너 때문에 운 생각하면 말도 못 한단다. 어떤 어미가 자식이 소중하지 않겠니. 할미도 내 딸, 그러니까 네 어미가 너무 소중한데, 너로 인해 너무 아파하니까 괜히 낳았나보다, 라는 생각까지 들었단다.

그런 몹쓸 생각을 해서 벌을 받았는지, 할미는 많이 아팠단다. 당최 어지럽고 정신이 하나도 없어서 옆에 있는 사람도 잘 안 보이고, 조금만 신경쓰면 머리가 무겁고 아파서 눈을 뜰 수도 없을 지경이었단다.

걱정 마. 이제는 멀쩡하단다. 네 어미가 전해줬어. 네가 미국에서 받은 수술이 잘됐다고…… 이제는 입에 꽂은 거 없이도 숨쉴 수 있다고…… 내가 이런 기적을 만나려고 이렇게 아픈데도 죽지 않고 살았구나 싶다. 네가 할미를 살린 거야.

해나야, 아가. 할미가 아는 것도 없고 가진 것도 없지만, 오래 살아보니까 세상에 기적 같은 건 없다는 사실 하나는 배웠단다. 사람들이 너보고 계속 기적이네, 행운이네 하는데 할미는 그렇게 생각하지 않는다. 그냥 너는 살 아이였던 거야. 니가 살아서 할 일이 많이 있어서, 그 일 다 하라고 하늘이 살려주신 거야.

그러니까, 아가. 이제 어서 빨리 다 나아서 한국으로 오렴. 그래서 니가 해야 할 일들을 하나씩 해나가렴. 네 어미는 해나 회복이 생각보다 오래 걸려서 마음이 무너지는 모양이지만, 할미는 걱정하지 않는다. 그렇게 큰 수술을 받았는데 아무렇지 않게 툭툭 일어나면 그건 기적이지. 할미가 말했잖니? 살아보니까 기적은 없더라고. 그러니까 아플 거 다 아프고 나면 나을 거야. 아직 아플 게 좀 남은 것뿐이란다. 그거 다 아프고 나면 한국으로 돌아와 할미 품에 안길 날이 오겠지.

할미는 믿는다. 기적도 안 믿고, 신도 안 믿지만, 아가, 너는 믿는다. 그러니 기운내거라.

해나의 기적이
계속되길 바라며

이 책이 출간되고 얼마 뒤인 2013년 7월 7일, 35개월이란 짧은 시간을, 누구보다 열정적으로, 누구보다 아름답게 살아온 해나가 눈을 감았습니다. 이제 주사도, 검사도, 수술도, 튜브도, 석션도 없는 곳에서 마음껏 숨쉬며 자유로이 뛰어다닐 수 있게 되었습니다.

많은 분들이 보내주셨던 따뜻한 응원과 사랑, 감사드립니다. 해나는 떠났지만 해나의 기적은 끝나지 않을 거라고 믿

습니다. 해나가 뿌려준 기적의 씨앗이 많은 분들의 가슴속에
서 희망의 꽃을 피워낼 테니까요.
　7월 10일 미국 피오리아에서 치러진 장례식에서 해나에게
읽어준 편지로, 글을 마무리할까 합니다. 해나에게 전하는 감
사인 동시에, 해나를 응원하고 아껴주신 모든 분들에게 드리
는 감사입니다.

사랑하는 해나에게

해나야! 엄마야~
엄마 목소리 벌써 잊어버린 건 아니지?
아마도 지금쯤 우리 해나는 예쁜 목소리로 친구들과
재잘재잘 수다를 떨고 있겠구나.

엄마가 해나의 목소리를 첫번째로 듣게 될 거라며
잔뜩 기대하고, 상상하며 기다리고 있었는데……
나중을 기약해야겠다.

그래도 괜찮아. 우리 해나가 행복할 테니까.
엄마가 그랬지? 해나가 행복하면 우리 가족 모두가
행복할 거라고.

이젠 수다도 떨고, 노래도 부르고,
그 예쁜 입으로 오물오물 맛난 음식도 먹고,
해가 저물 때까지 신나게 뛰어도 놀고,
해보지 못한 것들, 하고 싶었던 것들,
마음껏 할 수 있을 테니까,
그러니까, 엄마 많이 슬퍼하지 않을 거야.

이젠 병실에서 홀로 잠들지 않아도 되고,
엄마 아빠 대나 언니가 보고 싶으면 언제든 해나가
우리를 보러 올 수 있으니까,
그렇게 생각하니까, 엄마 마음이 조금은 편해진다.

자칫 너와 더 일찍 이별을 할 수도 있었는데
그 고사리 같은 손으로 튜브가 빠질세라 꼭 부여잡고
수많은 고비를 넘겨가며,

너의 눈부신 미소를 보고 기뻐하며 행복해할 수 있는
35개월이란 기적 같은 시간을 선물해줘서 정말 고마워.

해나를 아끼고 사랑했던 많은 분들이 해나한테 대신
인사 전해달라고 하셨어.
이미 알고 있겠지만,
넌 정말 많은 사랑과 축복을 받은 아이란 걸,
그리고 많은 사람들의 가슴속에 희망과 행복을
전해준 아이로 영원히 기억될 거란 걸,
잊지 않았으면 좋겠어.
이렇게 엄청나게 대단한 해나가 엄마의 딸이란 게,
엄만 정말 뿌듯하고 행복하다.

밤에 병실에서 자다 깨서, 저쪽에서 자고 있는 엄마를
박수를 치며 네 옆으로 오라고 손짓했던 것처럼,
언제가 될지 모르지만, 엄마를 또 박수치며 부르는 날,
기꺼이 웃으며 만나러 달려갈게.
그때까지 여태껏 그래왔던 것처럼 행복하게 웃으며
기다려주렴.

우리 해나, 많이 많이 사랑해.

우리 해나, thumbs up!

2013년 7월 10일,

언제나 함께하는 엄마로부터

해나의 기적

ⓒ 이영미 2013

1판 1쇄 2013년 6월 24일
1판 5쇄 2015년 6월 5일

지은이 이영미 | 펴낸이 강병선

기획·책임편집 고아라 | 편집 박영신 염현숙 | 독자모니터 김혜옥
디자인 김선미 최미영 | 마케팅 정민호 이연실 정현민 김주원 지문희
홍보 김희숙 김상만 한수진 이천희
제작 강신은 김동욱 임현식 | 제작처 미광원색사(인쇄) 경원문화사(제본)

펴낸곳 (주)문학동네
출판등록 1993년 10월 22일 제406-2003-000045호
임프린트 아우름
주소 413-120 경기도 파주시 회동길 210
전자우편 editor@munhak.com | 대표전화 031)955-8888 | 팩스 031)955-8855
문의전화 031)955-1933(마케팅) 031)955-1915(편집)
문학동네카페 http://cafe.naver.com/mhdn | 트위터 http://twitter.com/munhakdongne

ISBN 978-89-546-2166-3 03810

www.munhak.com